青春之光

青春卷

QINGCHUN JUAN

一个人的青春

一路开花/编

煤炭工业出版社

·北　京·

图书在版编目（CIP）数据

一个人的青春：青春卷／一路开花编．--北京：煤炭工业出版社，2018

（青春之光）

ISBN 978-7-5020-6616-1

Ⅰ.①一…　Ⅱ.①一…　Ⅲ.①散文集—中国—当代

Ⅳ.①I267

中国版本图书馆 CIP 数据核字(2018)第 092825 号

一个人的青春——青春卷（青春之光）

编　　者　一路开花
责任编辑　刘少辉
封面设计　宋双成

出版发行　煤炭工业出版社（北京市朝阳区芍药居 35 号　100029）
电　　话　010-84657898（总编室）
　　　　　010-64018321（发行部）　010-84657880（读者服务部）
电子信箱　cciph612@126.com
网　　址　www.cciph.com.cn
印　　刷　北京欣睿虹彩印刷有限公司
经　　销　全国新华书店

开　　本　880mm×1230mm 1/32　**印张**　9　**字数**　240 千字
版　　次　2018 年 6 月第 1 版　2018 年 6 月第 1 次印刷
社内编号　20180315　　**定价**　36.00 元

CONTENTS 目録

第一辑

每个少年都有过谎言

如今，各奔东西，他终于陈述事实。那一瞬间，我除了感动，再无其他。这一封简短的信件，不仅解开了那个在我心底纠葛多时的心结，也让我懂得深藏在成长背后的许多疼痛和无奈。原来，每个少年都有过不同类别的谎言。

第二辑

少女丹妮之烦恼

杨丹妮长得很漂亮，虽然被女生排斥，但男生还是喜欢找她说话，更有些大胆的男生偷偷给她递过纸条。每当这时，杨丹妮看着纸条都会不屑地笑，老妈早告诫过她，对于这种早熟的男生一定不能给好脸色，要不，对方会纠缠不清。

第三辑

为你流泪的女子

我只是个寻常男子，面容一般，工作平凡，这一生中，有几个女子能如她一般，为我洒下那般动情的泪水？只怕再也没有了。一个男人，一生中，只要有一个女子，这样地为你流泪，此生便已足矣。

第四辑

蓝琳琳的心里，藏着一个秘密

渐渐也能听到他的消息，他已经保研，却又放弃，执意去北京工作。因为北京，有他高中时就开始喜欢的女生。知道这一点，不知道为什么，她的心宁静又温柔，一如从前。那个不能说的秘密，就此深入心湖之底，成为一颗温润的、凝聚着年少记忆的琥珀。也许，这样，也很好。

第五辑

再见，仙人掌女生

她确实很傲慢，确实出言不逊，确实不招人喜欢，但她也不应该被孤立成孤家寡人，就连快乐都没有人愿意和她一起分享。被她伤害过的事，早已随着时间的流逝而风消云散了，我不记恨她，只是在心里更加佩服她的才华。想过要走近她的，但我找不到走近她的理由和办法。

第六辑

爱用拟人修辞的英子

许多年过去了，我一直想告诉英子，在那个年代里，她和她母亲给我们的生活以及我们每个人带来了一缕像茉莉花一样馨香的气息，甚至改变了我们的生活方式。我还想告诉她，人生中，无论发生何种变故，我都一直喜欢用拟人修辞。拥有这种心态，就有了一种积极向上的美好力量！

第一辑

每个少年都有过谎言

如今，各奔东西，他终于陈述事实。那一瞬间，我除了感动，再无其他。这一封简短的信件，不仅解开了那个在我心底纠葛多时的心结，也让我懂得深藏在成长背后的许多疼痛和无奈。原来，每个少年都有过不同类别的谎言。

快 递

文/梅子涵

要尊重每一个人，不论他是何等地卑微与可笑。要记住活在每个人身上的是和你我相同的性灵。

——叔本华

现在都喜欢用快递。一封不重要的信、一份有点重要的合同、一包盼望读到的书、一盒扬州包子、一袋山西枣子，都会快递而来，弄得门铃不断，喜气洋洋，很像成功人士。我不但有快递，而且几乎天天有，有时一天多到五六个，喜气洋洋得有点手忙脚乱。

有一天我在书房看着书就睡着了，没听到门铃声，没听到快递员打给我的电话，当时手机设置为会议状态。不过当电话再次打来时，我醒了。“你在家吗？”声音很恼怒。“我在啊。”“你看看我打了多少个电话给你？我打到现在都没有停过！”很恼火的声音在喊。“你是谁啊？”“快递！”他都是喊的。“对不起，对不起！我刚才睡着了，没听见。”“你们上海人都不接电话吗？”“上海人都不接电话？刚才是没有听见。”“你不要说了，你现在下来！”他大喊着，声音非常响，已经无礼得“不成体统”，让任何一个收快递的人听见都不可能再按得住性子了。

我的火“腾”地蹿上来，那蹿上来的声音我几乎都能听得见。我飞快地奔下楼，我要去问问他想干什么，他这是在送快递还是准备拼命？二楼、一楼，我飞快地走，我极力地压制自己的怒火，不让它蹿成歇斯底里。二楼、一楼，我走得快，结果火竟然也被我压得快，散得快，等我开了大门的时候，我已经没有什么火了。从三楼到一楼的过程，我把自己锤炼了一次。

我不想吵架，没有意思，歇斯底里也不成体统。但是那个大喊的声音想吵，他站在门口，他的脸上只有火！“你好，”我说，“很对不起，我睡着了，没有听见。如果听见我怎么会不接？”我还说了别的话表达歉意，也想表达友好，可是他的气不消。

最后，当他把一包书递给我，把签收单扔给我，喊叫着对我说“你签名”的时候，我锤炼了的克制又一次被粉碎，火“腾”地重新蹿上来！“我不会签的！”我大叫。“你打电话给你们老板，让他和我说话！”我大叫。我也歇斯底里了，锤炼的成果很容易被扔弃，我歇斯底里的时候哪里像个教授？只要歇斯底里，那么人人就都会是一个样子。

他说他不要签收单了，跳上电动车开了就走。他就像一团烈火，是滚着离开的。我站在门口大口喘气，整个上午乃至整个下午的日子，仿佛都已毁坏。我没有回到房里，而是去追那团烈火了。我像一团烈火似的去追他，我自以为是地要让他向我道谦，我心里的怒火就像是脚底的轮子，可笑极了。

我们的小区很大，可是我竟然追到了他。他已经到了另外一家的门口，他的电动车停在樟树下，他正在和这一家的女主人吵架。我幸灾乐祸地说：“你看你，刚才和我吵，跑到这儿又吵，你很喜欢吵架？”他没有理我，有些沮丧地回到电动车前，上了车，他也许也在懊悔：我怎么又吵了？

这时，我看到他的头上有好多的汗。他被晒得很黑，其实他大概只有二十出头的年龄。二十出头的时候，我正在一个农场当知青，也被晒得很黑。那时，我不能再读书，他现在也读不了书，干着这样一份按人家门铃，打别人手机，可是别人却可能没有听见的职业。我用手擦擦他额头上的汗，说："你热吗?"

怎么会不热？他没有避开我的手，猛然流泪了，大滴地落下来。我突然觉得，自己像一个父亲在抚摸孩子。他的年龄应该比我女儿还小些，是应该叫她姐姐的。女儿正在法国读书，而他呢，骑着电动车，把一包我喜欢的文学书给我送来。

我有些难受起来，我摸摸他握着车把的手，说："我刚才态度不好，谢谢你为我送快递。你一个人在外面工作，要照顾好自己，让父母放心。上海人都很感激你们的!"这么说着，我也流泪了，觉得温暖。心里涌满了情感和爱的时候，人人也都会是一个样子。

这个上午没有被毁掉，被我们挽救了。他离开的时候说："我走了。"我说："你骑得慢一点。"我们竟然有些像亲人告别。后来，他又来给我送过一次快递，他有点害羞地站在门外，我说："是你啊，你好吗?"那以后，我再没有见到他。我很想他再来为我送快递，我会说："是你啊，你好吗?"

载于《语文周报》

良好的礼仪的功用或目的只在使得那些与我们交谈的人感到安适与满足，没有别的。要能做到通过恰如其分的普通的礼节与尊重，表明你对他人的尊敬、重视与善意，这是一种很高的境界。

玲珑心伤不起

文/冠 豸

帮助他人的同时也帮助了自己。

——罗夫·瓦尔多·爱默

一

新学年开始，我们班转来了一个叫白玲珑的女生。她来的那天一直低着头，长长的头发遮住了她的脸，让人无法看清她的五官和表情。但“白玲珑”这个美丽的名字却让大家很快就记住了。

班主任把她安排在我旁边的位子坐下，我边鼓掌边说：“欢迎欢迎！”但她走过来径直坐下，一句话也没有。我刚绽放开来的笑容顿时凝固在脸上，愣了一下，这个女生好拽呀。

毕竟是新来的，她的出现在大家日复一日平静的日子里激起了一阵波澜。一下课，就有许多同学围过来找她说话。白玲珑人如其名，是个白皙、清秀的女生，但她真的好怪，总是低头不语。

刚开始，我以为她是害羞，可是一个多月后，她依旧如此。大家对她的兴致和热情渐渐减退，谁也没再主动理睬过她。班上的女生还说：“什么白玲珑，简直就是一块冰。”

或许白玲珑喜欢这样安静的日子吧，她每天总是一个人来来去去。我们虽是同桌，却没有说过几句话，仅有的几句，也是我主动问她才回答。我觉得，她就像一株没有生机的植物，一点年轻人的朝气都没有。课间休息，我们大家都喜欢聚众聊天，或是追逐打闹，唯有她安安静静地坐在位置上，眼神倦倦的，不知在想什么。

遇上这样的同桌，挺郁闷的。

二

我是个话多的人，讲得兴奋时必定滔滔不绝、口沫横飞，班上的同学都叫我“话篓子”，可是遇见惜话如金的白玲珑，我也没辙了。但我注意到，白玲珑写得一手娟秀的好字，我夸她的字漂亮，她的脸就泛红了，低声说：“哪有？”

有点搞不懂这个女生，我仔细观察过她，其实她并非冷漠的人，就是话少，像只闷葫芦。我还注意到单元小测那天，她的神情特别奇怪，脸色灰灰的，像生病了。

我问她是不是病了？她摇头，没吭声，但眉头紧锁。考试时间紧迫，见她不说话，我就没再理会她，自己认真答题。

考试交卷后，大家又兴高采烈地聊起明星八卦，谁也没把一次小小的单元测验当回事。从开始读书到现在，考试太多了，都没感觉了。

我们聊得正起劲时，邻桌女生邱慧朝我努努嘴，我转过头，看见白玲珑正趴在桌子上，双肩颤抖，还发出压抑的哽咽声。她哭了？怎么了？我一头雾水，没人招惹她呀，怎么就哭了？难道是考试没考好？可是不至于呀，她平时的作业都是“优”，比我还厉害呢。

“怎么了？白玲珑，是不是身体不舒服？”我走过去问。

“没有。”她抽泣着回答，声音楚楚可怜。

“是不是遇到了什么事？说出来，我们帮你。”邱慧也围过来，轻抚着白玲珑的肩，关切地说。

“我没事。”白玲珑说，但依旧止不住抽噎。

我估计她是考试考砸了，可不就是一次单元小测么，有什么好难过的，下次考好不就可以了。我不理解她为什么会哭得如此伤心。

三

在学校里，各科的考试总是很多，学生嘛，考试是家常便饭。但我注意到，白玲珑对此很在意，无论大考小考，只要老师一说要考试，她的脸色马上就变，如临大敌。

她的变化让我很奇怪。那些平时她都能够做对的题，一到考试，她就错了，分数出奇地低。我知道，作业都是她自己写的，从没抄袭过别人。不爱学习的同学讨厌考试我理解，可是她平时学习那么认真……我不明白白玲珑是怎么了？

我把自己的疑问告诉邱慧，她想了很久，说：“白玲珑会不会是有考试恐惧症？”“考试恐惧症？”倒是想起原来在报纸上看见过，有人在高考考场上因为紧张而晕倒。难道白玲珑也是这样？可是单元小测能和高考比吗？

和白玲珑熟悉后，她倒是不再拒我于千里之外，课间休息时，我们也会简单地聊天。但她的表情总是淡淡的，不温不火，似乎没什么事情能够让她兴奋起来。更多的时候，她总是凝望着窗外一动不动。

邱慧说，白玲珑落寞、瘦削的背影让她很想帮助她。我也想，可是要如何才能打开白玲珑紧闭的心扉呢？

邱慧是个热情如火的女生，她决定用自己的热情去感染白玲珑。每天放学，她就陪在白玲珑身边找她说话，亲密地跟她一起坐公交车回家。虽然不同路，但她一点都不嫌麻烦，她说，就算白玲珑是一块冰，她也要融化她。邱慧还在自习课时与我换座位，故意向白玲珑讨教一些学习上的问题。课间她也不让白玲珑再一个人待在教室，总会拉上她到操场活动一下筋骨，渐渐地，白玲珑不再拒绝与人交流。

班上的其他同学在邱慧的带领下，也加入了这场暗中进行的“化冰”行动中。大家有意无意地都会主动找白玲珑搭讪，对她亲切而友善。这次“行动”效果显著，白玲珑一天比一天活跃起来，也愿意参与班级的活动了。

邱慧后来告诉我，白玲珑确实是得了“考试恐惧症”，就像有人恐高、晕血一样都是一种心理疾病。其实最初，她并不这样，只是在她很小的时候，父母送她去学钢琴、学舞蹈，哪一样都要考试，学校里的考试也接连不断。她是个懂事的女孩，知道父母挣钱辛苦，就想考个好成绩让父母开心，可是她越想考好就越紧张，考试状态就越差，考出来的成绩也不尽人意。她自己也不明白，那些平时并不难的东西，为什么一到考试就全忘了，头脑一片空白，久而久之，恶性循环……这是一种很典型的“考试恐惧症”。

邱慧说完，若有所思，喃喃地说：“只有帮她打开心结，她才能正确面对考试，消除这种不必要的焦虑。”

此时我明白了白玲珑不爱与人交流的原因，因为考试成绩不好，她变得很自卑。她在以前的学校里，曾因为过分内敛，被同学排斥，所以她宁愿把自己包裹在小小的壳里，以为这样就可以少受一点伤害。

四

由于是同桌，我与白玲珑的交流很方便，闲聊时，我会时不时冒出个小笑话逗乐她。或许她感受到了我们对她的友善，她不再小心翼翼地戒备，不再总把自己“缩”在壳里。听到我说笑话时，她也会掩嘴而笑，再加上邱慧那自毁形象的搞怪表情，白玲珑想淑女都难，她“哈哈哈”地开怀大笑起来。

听到这样的笑声，我知道，后面的事情就简单多了。我和邱慧与她进行了一次深入而且透彻的对话，后来还陪她一起去找邱慧一个当心理医生的姑姑，用科学的方法帮助白玲珑摆脱考试恐惧。

白玲珑自己也很努力，我想她大概早就想摆脱这样一种让她无奈的困境吧，所以她很配合。大家的关心和热情是最好的良方，白玲珑不再患得患失，当单元小测再次来临时，我平静地对她说：“就像平时写作业一样面对吧，不要把它当成考试。”她看了我一眼，点点头，看得出来，她还是有点担心，不过，她的脸色不再苍白如纸。

“加油！我们开始写作业了。”我笑笑，然后埋头答卷。我时不时看看她，见她表现还算正常就放心了。以前考试时，她会喘粗气，呼吸急促，额头会冒汗，现在，这些都没再发生。

终于交卷了，邱慧急切地跑过来，问：“怎么样？考得好吗？”白玲珑点点头，眼眶濡湿，她说：“谢谢你们！这次考试，我感觉好多了。” “我们去操场跑一圈吧，放松一下心情。”说着，邱慧拉起白玲珑的手，向操场冲去，临走还对我吼一句：“让路呀！”

看着两个女生奔跑的背影，我仿佛看到了两只蹁跹的蝴蝶，她们正在自由而快乐地飞翔。

载于《才智》

在青春年少的日子里，少点自卑，多点关爱和融合，让每一朵花都开在旺季吧。

青春，始于谎言

文/安一朗

青春是本太仓促的书。

——席慕蓉

一

16 岁那年，我上高一。中考成绩一般的我只考上了县里的一所普通高中，但望子成龙的父母却希望我能去市里最好的高中读书。他们在市里买了房，还花高价买了一个借读的名额，让我去了实验中学。

父母经商，家境殷实，钱对于我的父母来说不算一回事，只要我能离开县城，去市里最好的高中，花多少钱他们都觉得值。我心里面一直是恐慌的，我知道实中的学生都非常厉害，我去了那里，还不是垫底的份儿？我也害怕别人知道我是花钱买进去读书的看不起我。我不敢跟父母说我心里所想的，怕他们失望。

硬着头皮，我开始了在实中的生活。第一天上课时，看着别人兴高采烈地呼朋引伴，我觉得自己特别孤独。在这里，我没有一个熟悉的同学，我的同学都还在县城。我沉默地观望着别人的快乐，他们都是靠自己的能力考进来的，唯有我那么不光彩。

暗自庆幸，这里没有人认识我，只要我不说，没有人会发现我的秘密，我知道这事连任课老师都不知晓。这样想时，我慌乱的心才会暂时安稳一些。

我的同桌杨旭，是一个热情洋溢的人。排座位前，我就听到他和别人的聊天，知道他中考的分数非常高，整整多了我80多分。当老师安排我们坐在一块儿时，他一坐下就询问我考了多少分。我愣了一下，不好意思地说："考得不好，比你差远了。"我说的是实话，但我没有勇气把自己的分数公布出去，怕自己在这个班里再也没有立足之地。

"刘康伟，你真谦虚！能考进实中的，哪个都不差，以后一起努力就是了！"杨旭拍拍我的肩膀，友善地说。我的脸倏地涨红了，急着干咳几声，掩饰了自己的慌张。还好前桌的女生柳叶转过头来跟杨旭说话，无意间帮我解了围。柳叶和杨旭是初中校友，以前就认识。

毕竟刚上高中，教室里喧闹了几天后才渐渐步入正轨。

二

实中是重点高中，校风严谨，这里是一个卧虎藏龙的地方，随便找出一个同学，都有可能是某一科的尖子生，或是某一方面的达人。他们看上去很普通，可能跟我一样，或许还是个沉默寡言的人，但这一点都不影响他们发光发亮。

在良好的学习风气影响下，我再也没有过去那种得过且过的想法了。在这里，稍不努力就会被人远远落下。我在班上几乎不说话，我用沉默来保护自己的隐私，我怕万一说漏了嘴让自己抬不起头来。我不敢再掉以轻心，每天都埋头苦读。为了跟得上老师在课堂上的讲课进度，以前从来没有预习习惯的我，也早早预习好第二天的功课。我把预习、听课、复习、写作业，安排得有条不紊，虽然很辛苦，但我辛苦并快乐着。

进入高中的第一次大考在开学20多天后进行，老师说这次考试，一来检查一下大家以前的知识功底，二来看看能否适应高中的教学方式。

我的心在考试前几天就开始惴惴不安了。没考试前，只要我不说，谁也不知道我以前是什么样的成绩，我又是以何种方式进到这所学校。可马上要考试了，分数一公布，我就得原形毕露，到时候，我还有何颜面再在这里待下去呢？班上的同学会如何看待我？年轻的心都特别敏感，他们会接受花钱买进来读书的我吗？

思绪纷乱如云，我心里被恐慌塞得满满的，几乎透不过气来。我一次次在心里怨恨父母的虚荣心，一次次后悔不该来到这里等着被众人嘲笑、讽刺。可是我已经进来了，没有退路。

帮老师去拿教案时，我发现办公室只有最里边的角落有一个老师，他正埋头工作，根本没看见我进去。放教案的柜子边上，是隔壁班数学老师的办公桌，他的桌面上放着一摞试卷，只用一本书压在上面。我随意瞟了一眼，心里“咯噔”一下，那不正是我们几天后考试需要的试卷吗？我的心里莫名地紧张起来，连手也在抖，手心沁满汗水。鬼使神差，那一刻，我脑子里一片空白。匆匆抽了一张试卷出来，我紧张地折叠好，藏在口袋里，然后飞也似的离开，连教案都忘了拿。跑到楼梯口，才记起自己的任务，于是又返回去。

回到教室时，我已是气喘如牛，额头上满是冷汗，感觉整个人都要虚脱了。同桌杨旭关切地问我怎么了？他说我的脸色看起来很不对劲。我忙说没事，但心一直在“怦怦”跳，忐忑不安的感觉真难受。

我不想当小偷，我只是不想自己在实中的第一次考试成绩就垫底，不想被班上的同学看不起，不想被任何人窥探到我的秘密。我自欺欺人地自我安慰，仅此一次，下不为例。

回到家，我认真地把那张试卷做了一遍，不会的题，我就照着书上的例题一点点想。我不敢去问同学，怕事情败露。两天后，终于迎来了考试。数学原先是我最害怕的，但因为已经做过一遍试卷了，心里倒是安定一点。

我不知道那几天我是如何度过的，既渴望早点公布成绩，又害怕成绩公布后自己无法面对，我还害怕我偷试卷的事情败露，让自己无地自容。沉默的我变得更加沉默，神经紧绷，一点点风吹草动都让我惶恐不安，如坐针毡。

三

度日如年的感觉让我要窒息了。

老师似乎是故意在考验我的忍受力，在我感觉自己都快要崩溃时，终于开始发试卷了。语文、英语……每一科虽不尽如人意，但也没有垫底。当数学卷子要发下来时，我屏住呼吸，竖起耳朵聆听老师说的话，生怕漏了哪怕一个字。

“刚上高中，估计大家中考后都玩儿过头了，一时还没回过神来……这次的考试成绩居然只有 5 个人 90 分以上，这里可是重点高中，你们可是市里最好的学生……以后大家一起努力吧，我相信你们不会只有这么点能耐的……”数学老师娓娓道来，时而严厉，时而鼓劲。

大家都在窃窃私语，老师念一个分数，发一张试卷。

“刘康伟，98 分，全班最高。”

听到老师念我的名字时，我心跳骤然加快。我低着头，匆匆走上去。面对老师赞赏的目光，我却感觉那目光似乎要穿透我的心。

“刘康伟，你好赞呀，真人不露相！”杨旭凑过头来，搂住我的肩膀。

我却是敏感地坐直身子，分析他话中的意思，他会不会影射我什么。杨旭比我少20分，他说以后要多向我请教，我却感觉他是在试探我，脸涨得通红。

前桌的柳叶在哭，虽然她的语文和英语都考了全班第一，但数学的不及格让她痛哭流涕。她哽咽着说：“我从来就没有考过不及格的……”

叹气声此起彼伏。我没有一丁点初战告捷的喜悦，我知道我的成绩是假的，如果没有事先偷到试卷，我到底能考多少分呢？我并不想考第一名，只希望自己的成绩不垫底，自己在这个班上能够有立足之地就够了。但现在，事情的发展由不得我了，大家都以为我是“高手”，一个“不露相”的高手。他们羡慕的目光让我如芒刺在背。

我撒下了第二个谎言，以卑劣的手段。第一次是父母给我一起撒下的，但后果只能我来背。

我无路可退了。

四

我让父母帮我请来最好的家教老师，自己也重新调整学习计划，为了不让自己的谎言败露，我只能全力以赴。

我相信“天道酬勤”，虽然我的起点不如别人，但我可以重新开始。我如饥似渴地把学习当成自己最重要的事，比任何时候都更想要读书。

父母看我知道读书了，一脸欣喜。他们说我长大了，说我进了重点学校就是不一样，我提的要求他们全都答应。看着乐滋滋的父母，我心里其实很难受，我知道父母对我的期望高，知道他们为了我花再多的钱也不在乎。我不想让他们失望，我更不能因为自己的不努力让我的谎言被揭穿。

一夜长大，或许说的就是我这样的人吧。我的蜕变连我自己都觉得不可思议。我把时间安排得满满的，每天仅留下半小时的时间吹我喜欢的葫芦丝，那片刻的放松，让我重新积蓄力量，每天都斗志昂扬、精神焕发。

杨旭说我变了，柳叶也这样说。

我只是微笑，无法解释，内心深处一直有一个声音在为我鼓劲："你一定可以的。"我相信自己可以，我要把曾经的谎言变成现实，唯有这样，我才能让自己的心得到安宁。我不断在心灵上自我修正，并且在努力的过程中找到了学习上真正的快乐和成就感。

整个高中阶段，我像上紧发条的钟，每天都过得忙碌而充实。家教老师的课外辅导再加上我自己的努力，第二次考试，第三次考试……我都没有让自己失望。

实中毕竟是重点学校，高手如林，虽然我没有进入尖子生的行列，但保持在中等偏上的成绩还是让我找到了满满的自信。特别是数学，曾经让我痛苦不堪，后来也被我征服了。

青春年少时，我们可能都撒过这样或那样的谎，为了谎言不被揭穿，为了自己能被别人认可，我做出了最大的努力。

虽然这一切，始于谎言。

载于《读者·校园版》

青春，人生中最鲜活的字眼。纵使为了虚荣心做出一些不为人知的事，今天看来却也是美的，因为在那个兵荒马乱的年月，我们都是最好强的！

毕业记

文/马朝兰

爱情是理解和体贴的别名。

——泰戈尔

记忆中，你明明还是昨天那个拖着箱子好奇张望的少年。可今天，你却坐在了散伙饭的筵席里。

人很多。认识的不认识的，都来了，菜摆了满满一大桌。

那晚，你吃得很少，喝得倒是很多。最后，你抱着同寝四年的好兄弟说了些莫名其妙的话，继而哭得稀里哗啦。

你陪那个暗恋了许久却又不敢表白的女生喝了好几杯。你告诉自己，喝完第三杯的时候，你一定要勇敢地告诉她，这些年，你有多么多么喜欢她。你记得她的生日，记得她最爱吃的菜，甚至，记得她的学号和身份证号码。

可惜，第三杯酒才喝完一半，她的男友就过来了。更巧的是，你认识他。

他举着杯子敬你，说谢谢你这些年对她的帮助。你笑了，抡起满满一瓶酒，仰面而尽。

你到底还是没能勇敢起来。

翻江倒海吐了一夜之后，生活还得继续。

毕业照已经分发到你的手里，那时候，你笑得多么开心。

你觉得，人生本来就是一场不得不散的筵席。

你和一群熟悉的脸站在一起，兴高采烈地抛起黑色的学士帽，身后，烈阳千里，碧草如茵。你不知道为什么要扔帽子，反正，电影里演的照片里拍的，都是这个样子。

第二天，拖着昏沉沉的脑袋才醒过来，你就发现，宿舍里已经空了一个位置。

他是你最好的兄弟，竟然，不辞而别。

你打开手机，才发现，他早已发过短信。他说，他是多么害怕和你别离。昨夜，他一个人想着想着都掉了很多眼泪。

你坐在床上，看着他空空如也的上铺和书桌，视野忽然模糊了一大片。

你没告诉他，其实你也悄悄买好了车票，你本来也打算不辞而别。只可惜，他走得比你还要早，你计划好的事情，一切都已来不及上演。

你给最好的兄弟买了一把吉他，到现在，都还放在暗沉沉的衣柜里。你生怕他发现，还用羽绒服把吉他遮得严严实实。你打算在你走的那天悄悄放在他的书桌上，可惜，他的书桌空得比你还要早。

你给你最喜欢的女生写了一封信，洋洋洒洒，数以千字。其实，写到最后，你都不知道自己到底说了些什么。只是记得，流了好多眼泪，为此，你还暗骂自己矫情。

楼道里忽然响起了拖箱子的声音，接着，宿舍门被上锁。一切关于青春的记忆，都被关在了那扇熟悉的门内。

你知道，明天的人生已经启程，可你却不知道，明天到底是个什么样子。

载于《意林》

我们曾经那么痴迷一个人，以至于觉得只要她好，就好了。她承载了我们对青春的所以记忆，错过了，青春的门，也就关上了。

如果你懂少年心

文/代孔胜

青春似一日之晨，它冰清玉洁，充满着遐想与和谐。

——夏多布里盎

一

杜子腾被校长在每周例会上骂得狗血喷头之时，贾小乔正捧着一把瓜子，站在台下嗑得忘乎所以。

杜子腾几乎是每月必批的专门对象。起初，贾小乔还觉得有些新鲜，可时间一长，才发现校长每次讲的都是那些陈腔滥调。

哎，你说这校长是怎么了？人家“肚子疼”都那么有创新意识，每月换着花样来违规，为何他老人家就不能编点新词呢？

贾小乔嘟嘟囔囔地说了一个下午。而杜子腾始终昂首挺胸，故作从容地站在台上，一副英勇就义，宁死不屈的模样。

每次例会都感觉像是在听评书，似乎是完了，已经结束了，但到了下周同一时间，又还是同样的人物，同样的地点。

那时候，杜子腾简直成了全校坏学生的偶像。他胆大包天，无所不为，俏皮无厘头的言语，足以把所有老师都弄到肚子疼。

没办法，学校里的一半设施都是他爸爸捐赠赞助的。学校操场中央的功德碑上，第一个，就是他爸爸的大名。与之形成鲜明对比的，是高中部教学楼下的违纪通知栏，上面的第一个，就是杜子腾。

二

杜子腾的爸爸把厂里的二手车转给了他的宝贝儿子。

虽说是辆旧车，但杜子腾却爱若珍宝。那段时间，他安分极了，成天坐在教室里画图纸，算框架。他绞尽脑汁，到底要怎样才能把这辆二手小轿车变成敞篷跑车？

如果抛开美观不谈的话，杜子腾的创新意识，绝对是前无古人后无来者。他花五十块钱，雇了班里的两个体育壮汉，专门负责切割轿车的顶棚。

嗞嗞嗞嗞，火花四溅，不到一小时，轿车的顶棚就像罐头的盖子一样被彻底掀开了。杜子腾拍手大叫，好！好！不愧是我精挑细选的工程师！

坐下来休息的时候，杜子腾越看越觉得不对劲儿。后来，他终于想通了，小轿车是四开门，而跑车大多是两开门，当然会有些别扭。

为了把四开门变成两开门，杜子腾又多花了五十块钱，折腾了一晚上。两扇门中间的钢铁横档，直接被杜子腾请来的工人切掉了，两扇门焊成一扇门，威风八面。

结果，杜子腾这辆车，还没开出十米，就招来了一大帮好事者。估计，他们谁都想看看，杜子腾该如何在狭窄的街道上打开这扇长约两米的巨型门。

悲剧往往是发生在明媚的午后。杜子腾怎么也没料到，靠边停车之后，自己这扇门，竟然能从行车道直接延伸至人行道。

结果，骑着自行车一路飞奔刚巧路过的贾小乔，糊里糊涂地就变成了空中飞人。

三

杜子腾莫名其妙地成了肇事司机，被交警请回局里做口供。

贾小乔跟着去了。当交警说杜子腾私自改造行驶工具，要没收其驾照时，沉默的贾小乔终于开口了，她说，叔叔，不好意思，完全是个误会，他是我弟弟呢。

剧情忽然峰回路转。

杜子腾意气风发地拍着贾小乔的肩膀说，哥们儿，以后有什么需要，言语一声就行。你看，我就在那个中学里念书。

知道，知道，久仰大名，杜子腾先生，你这名号果然是名不虚传，谁见了你，都得肚子疼！贾小乔没好气地说。

哇！兄弟，原来咱们是同一个学校的啊！杜子腾感激涕零，不分青红皂白，无视大庭广众，上前紧紧抱住了贾小乔。

啪！杜子腾的小脸上彻底绽开了花儿，他这时才明白，原来这小子，是个姑娘！

杜子腾捂着他的小脸，不知如何是好。

四

第二节课刚下，贾小乔就在食堂里碰见了杜子腾。当时杜子腾正站在人群中，唾沫横飞地炫耀着他的辉煌改车史。

才瞥见贾小乔的侧影，杜子腾就顷刻安静得像口枯井。贾小乔丝毫不给面子，上前指着鼻子就骂，小流氓，接着吹啊，怕啥？怎么不和他们吹吹你今早在局里的狼狈表现呢？

杜子腾彻底无语，表情像刚吃了二斤绿头苍蝇。

假小子，你太不给面子了吧？你也不问问，这是谁的地盘？杜子腾不甘示弱，依旧做着困兽之斗。

贾小乔不慌不忙地从裤兜里掏出一支烟，点上，深吸一口，而后，朝着一愣一愣的杜子腾狠狠吐去。

杜子腾一面咳嗽，一面含糊不清地喊，老师啊，老师，有人在食堂里抽烟，快来抓住她呀！

这次，杜子腾彻底败了。他绝对没有想到，这个假小子，竟然敢在公开场合抽烟。

颜面尽失的杜子腾最终决定要让这个假小子拜倒在自己的牛仔裤下，挽回失去的尊严。

五

周末清早，杜子腾把他的敞篷车开到了贾小乔的楼下。嘀嘀嘀，按了足足十分钟的喇叭。

这招果然奏效，原本避而不见的贾小乔，慌慌张张急急忙忙地冲上了阳台。杜子腾得意洋洋地熄了火，还没来得及抬头，就听到了“哗”的一声。

整桶凉水，一滴不漏，全都倒进了杜子腾的车里。

贾小乔以为杜子腾会知难而退，岂料，周一刚出小区，就被杜子腾拦下了。

嘿，贾姑娘，昨天还真是得谢谢你啊，如果不是你，我估计一辈子都不会想到，原来，我的改装跑车，还存在一个比较严重的排水问题。不过没关系，我连夜雇人装了个排水管。你那桶水，不但没有伤害到它，还让它光鲜亮丽，增色不少。你看，咱俩是不是特别心有灵犀？

贾小乔鼓着眼睛，差点没往杜子腾脸上啐一口唾沫。经过几次失败的战役，杜子腾还是有了一定的斗争经验，见势头不对，赶忙撒腿飞跑。

谁能想到，一个破书包都有人抢。贾小乔外表虽然刚烈，但到底是个姑娘，才看到三个彪悍的歹徒，就有些腿软了。

杜子腾开着他的敞篷车刚好路过，原本打算悄悄跟踪贾小乔，岂料，竟碰上这档子事儿。杜子腾二话没说，把喇叭摁得脆响，站住！站住！不然我开枪了！

贾小乔彻底傻眼了，她就这么愣愣地站在原地，看杜子腾踩着油门横街过市狂追仨歹徒。

终于，杜子腾回来了，神情沮丧，鼻青脸肿。费尽九牛二虎之力改装的敞篷车没了不说，还被别人痛扁了一顿。

贾小乔于心不忍，刚准备说点安慰的话，杜子腾就开口了，丢了些什么东西？别怕，我买来送给你。

看着杜子腾真诚的眼睛和微微浮肿的脸，贾小乔忽然有点感动。

六

杜子腾还没来得及继续纠缠贾小乔，高三就像洪水猛兽一般来了。

杜子腾的爸爸知道自己的宝贝儿子有几斤几两，因此，早早托人在北方找好了一所职业大学。杜子腾只需在里面混上几年，就可以出来继承父业，杜子腾没有选择的权利。

他以为，只要自己放纵捣蛋，职业大学就会把他开除，他就可以重返南方的城市。因此，在登记表上，他胡乱填了一通。曾获哪些奖项这一栏里，他用大红的笔墨写着，该生在校曾多次获得“康师傅绿茶再来一瓶”的特等奖励。

杜子腾不知道，这类职业大学，平日连学生都招不够，怎么可能开除富家子弟呢？尽管他在档案上胡言乱语，可终究还是被录取了。

贾小乔最后一次和他通电话，是在高三的夏天。五月，草长莺飞。

杜子腾一直没把最后的话说出来，其实，他是真的喜欢贾小乔。可在这个关键的时刻，他怎么能用个人情感去影响贾小乔的最后冲刺呢？

听班里的同学说，贾小乔最后报了海南大学，以她的分数来看，绰绰有余。杜子腾买了地图，他不知道海南具体在什么位置。他的手指，顺着自己所在的城市，顺着黑色的铁路线，顺着汪洋的海水，慢慢朝着贾小乔所在的城市而去。原来他和贾小乔隔着那么远的距离。

贾小乔换了号码，断了联系没多久，杜子腾就回家继承父业去了。他开始像个生意人，每天见不同的客户，握不同的手，说不同的言不由衷的话。

几年后，公司去广州招聘应届毕业生，杜子腾跟着去了。两千多份简历中，杜子腾一眼就看到了她。惨白的纸页上，只有一张五寸彩色照片和一段没有署名的文字。

有的时候，你真的不明白，等待有多么苦涩。就算你能找到失去的敞篷车，能抓到那几个嚣张跋扈的毛贼，可你能追回当年放在书包里那封迟迟不敢送给你的信件吗？我可以放下少女的矜持和故作的高傲，为什么你却不能接受我最后的勇敢？

时光像无情的火车，咔嚓咔嚓，脆生生地压过杜子腾的脑海。事情终于真相大白。贾小乔当年去的，不是海南，而是广州。

大一的冬天，她曾在回家时，把一封信投进了杜子腾家门口的邮筒。上面，有贾小乔的眼泪和新的联系方式。只可惜，当时杜子腾正在北方的职业学校大闹天宫，折腾着要退学。因此，爱子情深的父亲，只好私自把这封信给扣下了。

站在流光明媚的落地窗前，杜子腾轻轻打开了抽屉。那是整整一箱从海南大学陆续退回的信件，棕色的信封上，均是邮局查无此人的红色印章……

载于《疯狂阅读》

好多人，就是因为一场考试，硬生生地失散了。是青春捉弄了我们，还是我们捉弄了青春，反正就这样错过了。

青春里的广告时间

文/郑亚琼

青春是人生最快乐的时光，但这种快乐往往完全是因为它充满着希望，而不是因为得到了什么或逃避了什么。

——托·卡莱尔

一

“同学们，来来来，聚一聚哈！”午间休息的时候，李晨宇开始招呼大家。

“各位叔叔、婶婶、兄弟姐妹们，兄弟我来到贵宝地，深知大家学习非常辛苦，特意露一‘嘴’。有钱的捧个钱场，没钱的捧个人场啊。”说着，他便有模有样地双手抱拳、拱手作揖。

班长见状，瞥了他一眼，“李晨宇，中午打扰大家休息，又耍什么花招?”

“班长大人息怒！我正是瞅见大家学习太累了，就编了几段有趣的句子，逗大家一乐。”说着，他便跳到朱文轩那里，“来，猪兄，给我当个道具，可否?”

我从桌底下踢了朱文轩一下，提醒他不要参与这种无聊的游戏，没想到朱文轩看了我一眼，还是站了起来。

二

朱文轩是上个学期刚转入的，当时大家一看他这黝黑结实的皮肤，还有身上那一件带着油渍的校服，顿时像见了外星人一样，而且他一张口就是“俺”，引得大家哄堂大笑。

班主任把我叫到办公室说，朱文轩是农民工子女，家里是卖猪肉的，刚来省城肯定不适应，要找一个品学兼优的同学帮助他。于是，我便顺理成章地成了他的同桌。

虽然，我并不是很喜欢他，但是每当有同学故意捉弄他时，我都会替他打抱不平。可是，这小子似乎并不领情，明明知道有些人不怀好意，还是会欣然接受。

三

这不，李晨宇一看朱文轩如此配合，顿时来了劲，他指着朱文轩的头说：“话说，一日猪兄被老师批评脑子进水，那么简单的题也不会。只见猪兄委屈地说，老师，我不是不认真学，而是每次遇到知识时，我就对它说：‘快到脑子里来！’可它们总是拒绝，好不容易它同意进来了，居然又说：‘你就不能换个大点的脑子吗？’哈哈……”

这时候，我看到朱文轩涨红了脸，我想这次他肯定要生气了，没想到他稍事停顿后，慢吞吞地说：“俺现在成绩是有些差，希望同学们能帮帮俺，俺一定能赶上去。”

说完，朱文轩就要回到座位上，没想到李晨宇的恶作剧并没有就此结束，他拉住朱文轩继续说：“青春痘，青春的开启者，连续三年消灭不断，一年长出七亿多颗，连起来可绕地球两圈。”

“看这里，看这里……”李晨宇指着自己的脸，还在肆无忌惮地嚷着，我看到朱文轩的手不停地抖动，却始终站在那里不出声。我再也忍不住了，跑过去，使劲推了李晨宇一个趔趄。李晨宇一看是我，“你狗拿什么耗子?”说着便揪住了我的衣领。

“放开手!”班长厉声道。其他同学也都指责李晨宇这次做得太过分了，李晨宇迫于集体的压力，还是放开了手，指着我的鼻子说：“你小子走着瞧!”

四

一个下午，朱文轩总想找机会和我说话，可是我故意装作很忙，他几次话都到嘴边了，我就把头扭向一边。

其实，和朱文轩同桌的这些日子，他让我在他身上发现了其他同学身上所没有的品质。自从他来了以后，班里饮水机里的水都是他一个人扛，他在家总是帮助父母干活。而且每当提起父母的职业，他也并没有躲躲闪闪。

这些让我无形之中对朱文轩有了一种同病相怜的感觉。我的父母曾经也是农民工，和他不同的是，在城里干的时间长了，他们自己当了老板。所以同学们看不出我的家庭背景，我也非常忌讳大家谈父母工作的话题。

每当大家故意问朱文轩：“你的衣服几年不洗了?”他总是不好意思地说：“我洗了，就是帮爸妈卖肉的时候弄上的油渍，不好洗。”而且，有很多时候，他明明知道有些人是要捉弄他，他却好像不知道似的，偏要“上当”。

这让我非常生气，我甚至告诉他，不要总拿自己父母的职业说事，不用搭理那些无聊的人，你自己不觉得丢人，我都替你难受。他突然像不认识我似的看着我，看得我浑身发毛，弄得我倒是不好意思了。

五

每个学期末，老班都会举行一次特殊的班会，以不记名形式写一写自己最想说的话，或是对班级提出的建议。

以前的时候，对于这样的活动我总是不屑一顾。可是，这次我却有很多话想说，我早早就准备好了。当老班端着“青春印记”的箱子走到我面前时，我把纸条小心翼翼地放进去，然后趁人不注意轻轻一搅，打乱了一下顺序。朱文轩也傻呵呵地放了进去，我真猜不透这小子会写些什么。

六

班会课如期举行，老班说：“这次大家都写出了自己最想说的话，让老师感受到了大家的成长。可是在成长的道路上，难免会有些磕磕绊绊，关键是你以什么样的心态去看待。”说着，老师拿出了两张纸，“这是我们班两个同学写的，我给大家读一读，再进行讨论。”

“在我们这个集体中，我经常感到老师、同学们带给我的温暖。可是，自从朱文轩转来后，有些同学却戴上了有色眼镜。其实，我的父母也是农民工，我想问那怎么了？凡是靠自己双手劳动创造的财富，都是值得尊敬的，职业没有高低贵贱。我真心希望那些总是嘲弄朱文轩的同学不要那样。”

“我是一个不善言谈的人，正好老师提供了这次机会，可以写写我的心里话。有时候，一些同学拿我开玩笑，我同桌好心提醒我不要理他们，可是我总是不想让大家扫兴。我时常想，或许这些同学并没有恶意，日久见人心，时间长了，大家就会和我交朋友，我就可以让担心我不会适应新学校的父母、亲友们放心了。”

老师读这两段话的时候，我把头埋到了课本里，手心里竟沁满了汗。因为第一张纸条正是我写的，而另一张我一猜就知道是朱文轩写的。

七

老师告诉大家朋友相处贵在真诚，在做一些事情的时候，要考虑一下别人的感受。

大家都争相发表着自己的相处之道，这时候李晨宇站了起来，“借这个机会，我想对朱文轩说一声：对不起。在那天中午之前，我编了几句有趣的广告语，是想逗大家一乐，缓解一下大家的学习压力。可是，被学习委员推了一把，事后这让我思考了很多，我这样做确实是伤害到了朱文轩。其实，我本是好心的。”

老班说：“想法值得表扬，但是方式确实不对，我们可以变挖苦为表扬，不是吗?”

“学习气氛浓郁，丝般感受。这是我的强项，小意思，呵呵!”李晨宇抢先说。

“今年过节不收礼，收礼就收你真心。”

“人好，人缘就好，身体倍儿棒，吃嘛嘛香。”

正当大家积极思考的时候，朱文轩突然说：“一次不买你的错，二次不买我的错，欢迎大家光临‘朱家肉店’。”引得大家哈哈大笑，这小子也幽默了一把。

“这节班会课，老师就起名叫‘青春里的广告时间’。大家课上拼命学习，课下想交好朋友。也应该时常驻足，停下来思考一下。青春不一定要挤得满满当当，适时插入一点广告时间，也会有意想不到的收获啊。”顿时，教室里掌声雷动。

载于《初中生学习》

有没有这样一份情，青春里追寻、时光里想念、前程里遗憾。那时候，阳光都是温暖的，笑容都是甜的，就连老师都那么孩子气。

零下十九度

文/李兴海

寂寞的人总是会用心地记住他生命中出现过的每一个人，于是我总是意犹未尽地想起你在每个星光陨落的晚上一遍一遍地数着我的寂寞情形。

——郭敬明

一

我和林子萱同桌半年，说得最多的一句话，大概就是你中了没有。那时候，福彩刚出没多久，五百万，简直是天文数字他爹。

夏老头成天站在讲台上唠叨，孩子们啊，形势危急啊，只有付出的人才能得到收获啊。不知是夏老头特别偏爱“啊”这个字，还是为了刻意突出中年个性，每说一句话都非得把这个“啊”字给捎上。

后来，这句话成了林子萱的口头禅。每当我信念动摇，决定放弃彩票大业的时候，她都会把这句话搬出来教训我。小海啊，形势危急啊，只有付出的人才能得到收获啊。口气神态和夏老头一模一样。

学校门口的福彩售票点彻底成了我和林子萱的根据地。我不得不说，彩票真是一个伟大的发明，它不仅让两个颓唐年轻人的心里有了癞蛤蟆的梦想，还使一贯讨厌数学的少年们爱上了公式。

我和林子萱坐在教室的最后面，摊开从福彩点抄来的中奖曲线表，成天算啊算啊算，只希望菩萨保佑，给点灵感，然后和牛顿一样，发现什么万有定律。

勒紧裤腰带过了大半年，天天买彩票，天天做换算，结果，除了神态憔悴，成绩倒数，再无其他收获。

林子萱主动提出放弃彩票大业的那天，我激动得差点哭起来，这要命的日子，总算是要结束了。为了表示庆祝光明日子的到来，我掏钱买了两大瓶柠檬雪碧，而后抱着它们，屁颠屁颠地跟着林子萱去教学楼的屋顶上吹风。

雪碧刚喝一半，林子萱就开口了，彩票是没戏了，放弃就放弃，但咱们总不能因为彩票而把最根本的追求也放弃吧？

林子萱最后出的这个天才主意，真和学校食堂的泔水有得一拼，馊得不能再馊。

二

2003 年 9 月 15 日，李白工作室正式秘密成立。为什么要秘密成立呢？因为这个工作室严重违反了校纪校规。

林子萱说，聪明的人，总是懂得资源充分利用，你看，你文笔多好，咱们完全可以凭此创业搞出一番天地嘛，对不对？

创什么呢？我尚且一概不知，但林子萱的回答却让我当场喷血。代写情书，代写作业啊，按对方的经济实力和工作难度来收取费用。譬如情书，光写不送，五百字，收费五块；又写又送，五百字，收费十块。另外，成稿时间不一，收费也就会有所不同。要求三天内成稿的，费用可酌情优惠；要求两天内成稿的，适当加价；要求当天成稿的，不用说，绝对是急件，不敲一笔怎么行……

创业的内容差不多定了，工作室的名字嘛，一定要有气势，最好是弄点名人效应。你知道的，现代人，吃什么穿什么都喜欢讲个牌子。林子萱在我眼前晃来晃去，指手画脚，说得头头是道。

你姓李，李白也姓李，真巧，那咱们就叫李白工作室吧。气派，保险，将来做大了，也不怕有人告状，真闹到法庭上，咱也不怕。一千年前，弄不好你和李白还是同宗亲戚呢，算不上侵犯此人的名誉权和姓名权……

林子萱说得唾沫横飞，手舞足蹈，兴奋得差点从楼顶上跳下去。

第二天清早，还没征得我的同意，她就私自把工作室的手写宣传单发了出去。还美其名曰，强强联手，五五分成。

三

李泊然重金要求我写情书拿下林子萱这件事，来得真是够突然。平日里也没见李泊然对林子萱怎么样啊，怎么忽然就下这么一个手笔呢？

我跟李泊然语重心长地说，哥们儿，你弄明白了没有？确定是 133 班的我的同桌林子萱？不是隔壁 134 班的林萱萱，也不是歌手范晓萱？

李泊然的脑袋里绝对有水，还没等我把话说完就一把攥住了我的手。一面啪啪地拍着，一面热泪盈眶地说，兄弟，我知道这个事情非常有难度，正因为有难度我才找你们李白工作室来帮忙啊。价钱不是问题，只要你把这件事情搞定了，酬劳双倍不说，我还把我那辆新买的山地车免费送你！

我见过李泊然的那辆蓝色山地车，闪眼，霸气，帅得一塌糊涂。听说是他爸爸为了鼓励他奥数获奖特意开车去成都买来的，全镇仅此一辆。

我心里暗骂，真是个蠢货，林子萱那野丫头值那么多吗？脾气暴躁，声音粗哑，成绩倒数，真是没看出她有哪点好。

不过，为了顺利得到这辆山地车，彻底结束我的徒步生活，我不但昧着良心说了许多言不由衷的话，还把情书老老实实地修改了整整五遍。

李泊然誊抄之后，刚派人密送到林子萱手里，我的耳朵就马上被炸聋了。林子萱那野丫头，差点没把我新买的白衬衫拽烂。看到没？看到没？竟然有人追我了，哈哈！

你这就答应人家了？我斜眼瞪着得意忘形的林子萱。

等明天见了面再说吧，还不知道此人长得是多少像素呢。如果太模糊的话，那还是算了，本姑娘不太喜欢抽象派的作品。

四

林子萱去和李泊然在咖啡厅约会的时候，我一直坐在对面的小餐馆里默默监视。当林子萱微笑着伸手接过李泊然手里的玫瑰时，我气得一巴掌就把餐馆的小茶壶拍到了地上。

好你个林子萱，装什么淑女？真是假得不能再假。一束玫瑰就把你给俘虏了？我们李白工作室的经纪人也太廉价了吧？

下午六点的时候，我给林子萱打了电话，还没等我开口审问，她就在那头炸开了，天啊，你知道么？给我写信的竟然是李泊然！全省奥数第一名哟……

电话之后，我心里失落极了。我暗骂自己，这有什么可恼的呢？不就是个林子萱么？缺了她，李白工作室照样可以生意兴隆，财源广进。再说了，这么个粗声粗气对我大呼小叫的野丫头，早走早好呢！

可躺在床上，心里还是止不住惆怅的洪流。我知道，自己有多么不情愿帮李泊然写信，可那有什么办法呢？尽管我曾狠下决心要把那封信的最后署名换成李兴海，可写到最终，还是没有那样的勇气。

五

2004 年秋天之后的那些日子，李泊然为了比赛，天天参加奥数集训，而一向没有耐性的林子萱，竟一改常态，每天都默默地站在学校门口的公交站牌下等他。

我鼓足勇气，蹬着山地车冲到林子萱的面前，嬉皮笑脸地问，奥数冠军还没回来吗？林子萱摇摇头，一言不发。

我忽然觉得我们之间的距离变得好远好远，我故作从容地摆摆手，你让那个奥数冠军好好算一下下期福彩的一等奖号码，要是算出来的话，记得给我发个短信啊。

众望所归，李泊然到底得了冠军。学校贴出大红喜报那天，林子萱没来上课。我坐在空荡荡的椅子上，朝着远处的山巅发呆。

林子萱朝我哭诉李泊然移情别恋的过程时，我除了心痛，还有种说不出的喜悦和快慰。原来那些天，林子萱不是为了等李泊然，而是为了等一个答案。

李泊然最终选择了那个能歌善舞、小鸟依人的钢琴女孩，那是我第一次见林子萱哭。我相信她动了真情。

六

林子萱说要出国留学的时候，我正在筹谋一封向她表白的情书。

这是她爸爸做的决定，多伦多，地球的另一端，太平洋的另一岸。

记得那天我孩子气地问过她一句，不去不行么？她笑笑。我知道，在这个懵懂而又忧伤的年纪里，命运和路途往往都轮不到我们抉择。

这封打算写给林子萱的信，一直没有写好。

冬天的雪呼啦啦地来了，林子萱说，出来吧，一起看雪，明天就去多伦多了。

我和林子萱在白雪路上走了很久很久，手僵了，脚麻了，还是舍不得说再见。我知道她想见一个人，可我争取了很久，李泊然还是不愿见她。

我开始讨厌懦弱的自己。如果当初我勇敢一些，直面拒绝李泊然的请求，大方地送出那封由我代笔的信件，那么今天的林子萱是不是就会快乐一些？

二十四小时之后，林子萱上了飞机。在她手机处于关闭状态的时候，我发出了一条冗长的短信。丫头，你听过这个故事吗？在漫漫大雪的天气里，只要和一个了解你的人选一条不拐弯的路，一路走下去。迎着风，抗着雪，大步流星，义无反顾，直到头顶盖满白色的雪花。那么，你就注定可以和这个人十指紧扣，白头偕老。

七

林子萱走后，我第一次进书店买了世界地图。因为我实在想要知道，从中国大理到加拿大的多伦多，究竟隔着多远的距离。

无数的线条在地图上舒展蔓延，那是莽莽的山川和铁路。红蓝相叠，经纬交错，湛蓝的太平洋在有限的视野里变得温润且柔和。

一个月后，林子萱发来邮件，她说，你知道么？多伦多和北京竟然有十三个小时的时差。

我知道，这些我都知道。因为你，原本对地理了无兴致的我，忽然开始关注多伦多的一切状况。我知道，你所在的城市是加拿大的工业和商业中心；我知道，它地处北纬 43 度 39 分，西经 79 度 23 分；我还知道，我的白天是你的黑夜；我也知道，那里的冬天极冷极长，风声呼啸，雪似冰刀……

只是，你知道我那条短信的意义吗？

二月，林子萱发来邮件，内有一张截图，是手机上的天气预报。小雪，-21℃ ~ -19℃。

图片的右下角，有一段拼上去的暗灰小字——请问，这么冷的下雪天，抽象派的你敢不敢陪我一起走下去？

载于《疯狂阅读》

每一段执着的等待都是值得的，每一对合适的人都应该在一起，不论多远不论多久，反正在一起，就好了。你一定要珍惜那个陪你很久很久的人，因为要不是因为你，他早就离开了……

每个少年都有过谎言

文/夏　丹

> 青春的锦绣与贵重，就在于它的天真与无瑕，在于它的可遇而不可求；在于它的永不重回。
>
> ——席慕蓉

记忆中，那是我生平第一次领取稿费。薄薄的青绿色的中国邮政汇款单，翻越千山万水，在一片惊羡与欢呼声中递到我的面前。终于，我有了“小作家”的称号。

那时候，我还不曾从艺，也不明白钢琴到底有多少黑键多少白键，仅是无由地爱极了郑智化，那样负有责任和无畏世俗的当红歌手。

我渴望，能与之一样，即便双腿无法撑起整个胸膛，也一样可以唱着“他说风雨中，这点痛算什么，擦干泪，不要怕，至少我们还有梦”的悲壮歌词，历游世界。

于是，15 岁的时候，我用积攒起来的零花钱买了一把青灰色的红棉吉他。背着它，就像自己已经是一名脱离尘俗的歌手，傲然地享受着人流中惊羡的眼神与匆匆的回眸。

后来，父亲早早离去，我有了绝对的自由。我开始肆无忌惮地让我的头发疯长，从中间分开，在叮叮当当的自行车上随风飞舞。学校明文规定，所有男孩儿不能穿奇装异服，我就偏要买一套有着背带和月亮的黑色帆布衫，整日在校园里游逛。

当我鼓足勇气，将那把青灰的吉他背进校园的时候，楼上立刻响起了一阵盖过一阵的欢呼。在那时，吉他不像此刻那么普遍，很多时候，往往找遍一个小镇的校园，都不会看到一名吉他手。

那些平日里对我忽冷忽热的伙伴们，迅速涌到我的跟前。他们即便听不到我的歌声，听不到清脆的弦音，可只要能摸摸这把别致的吉他心情也会霎时开朗。

他们央求我，在课余的时候来上一段，于是我成了万人瞩目的焦点。不到一个下午，校园里便传遍了，在三楼尽头的那个大教室里，有一位才子，不但写得一手好文章，还擅长动人的吉他弹唱。

一夜间，我收到了十几封陌生的信件，他们无不渴望要与我成为形影不离的朋友。我坐在明朗的月光中，握着墨黑的钢笔，慢条斯理而又心存幸福地给他们逐一回信。仿佛，这是我生命中的第一批崇拜者，因为他们，我寻找到了生命的价值。

第二天，我将花花绿绿的信纸亲自送到他们的手中，并与这一群轻浮与虚荣的同龄人，成了无话不谈的好朋友。

我开始了漫长的写作道路。周末进城买很多的信封和邮票回来，坐在暖光中慢慢书写，而后誊抄在一张张薄薄的信笺纸上，投递出去，等候佳音。

振奋人心的时刻总是少之又少，往往一两个月过去，我精心构思的小说依然没有半点音讯。与此同时，我对人生有了不明所以的惶惑。文与艺，我最终该走哪一条路？踌躇了很多个日夜之后，我终于选择了艺术的道路。

当夜，我与母亲爆发了轰轰烈烈的家庭战争。在她的印象中，学艺之人皆是对高考无可奈何之辈。她说，学理无用之人，便从了文，从文再无用之人，只得投艺。似乎，我这个所谓深思熟虑的决定的背后，也有着那么点“无用”的味道。我生怕，自己从文多年，最后一无所有。倘若从艺，即便没了高考的荣耀，人生就此与求学殊途，至少也可以依靠音乐来养家糊口。

直到那时，我心里仍幽幽地惦念着流浪歌手这个可望而不可及的梦想。

市里准备举办一场校园歌手大赛。那些平日里对我热情至极的朋友，未经过我的允许，便以我的名义填了报名表，擅长乐器一栏里赫然写着，吉他。

我在一片欢呼声中，背着青灰色的吉他去了现场。那些给我写信的伙伴，几乎无一缺席，均挥舞着双手站在台下为我喝彩助威。

那一刻，我生平第一次有了庞大的负罪感，在心间，像一块坚硬的磐石压得我无法喘息。我站在凉风徐徐的后台，看着一脸希冀的伙伴们，恍然觉察到了自己的无助和无能。

在无人顾及的时刻里，我落荒而逃，站在松涛阵阵的山坡上，泪落如雨。

当我回到家中，城市已陷入一片黑暗的泥沼。我不清楚该如何才能缓解内心盘踞不去的愁伤，最后，在一棵茂盛的槐树下，我将那把象征荣耀和梦想的吉他摔碎。

我以为，他们已经清楚地知道，我所说的一切均是谎言。譬如，我根本不会吉他；譬如，我对音乐一无所知。可奇怪的是，他们仍旧与我保持着真切的友谊。

毕业前，有人悄悄写信向我道歉，希望得到我的谅解。原来，他的父亲并不如他初时所说的那样，是一位常年出差在外的老板，事实上他仅仅只是一名困苦的打工仔。

他之所以这么说，完全是出于年少的虚荣和多疑。他生怕，我们会因此而看不起他，冷落了他。如今，各奔东西，他终于陈述事实。

那一瞬间，我除了感动，再无其他。这一封简短的信件，不仅解开了那个在我心底纠葛多时的心结，也让我懂得深藏在成长背后的许多疼痛和无奈。

原来，每个少年都有过不同类别的谎言。

载于《疯狂阅读》

我仿佛看到了自己年轻时候的样子，为了引起注意，为了证明自己的存在感，为了某些不明所以的自尊，撒一些不计后果的谎。只是，最后让自己成长的，却还是这些谎言。

一株爱做梦的狗尾草

文/安一朗

只有刚强的人，才有神圣的意志，凡是战斗的人，才能取得胜利。

——歌德

一

杜菲菲是一个特别自恋的女生，有点胖，还有点黑。

别人嘲笑她胖，她不恼，还会笑盈盈地说："羡慕嫉妒恨吧？你以为谁都能长得像我这么有福相？"气得想挖苦她的女生一个劲地抓狂，在悻悻离开时还恨恨地留下一句："就你胖，就你有福相！不稀罕！"

有个男生逗乐说："菲菲，如果你长得白一点，那该多好呀！要知道，一白遮百丑呢？"

杜菲菲听后圆眼一瞪，嗲嗲地说："你当是做白面馒头呀？越白越好？你可知道现在流行什么肤色吗？告诉你吧，现在正流行我这种小麦色，这可是最最健康的肤色哟！不信的话，回家上网查查吧！想晒成我这种小麦色，可不简单。"

杜菲菲的一番调侃愣是把调皮男生的嘲笑击落得无影无

踪。看见男生哑口无言的表情时，她还美美地哼唱起："我美呀美呀美呀，我醉啦醉啦醉啦……"

杜菲菲摇头晃脑的投入表情，没把男生嘲笑当一回事的从容不迫，赢得了众女生的热烈掌声。毕竟天生丽质的人少，每个女孩都有自己不愿言说的小缺憾，杜菲菲的自信，为她们撑起了一片明媚的天空。有一段时间，女生们都会在背后说："要自信，找杜菲菲去。"

喜欢沉溺于自己营造的氛围中的杜菲菲，每天都笑呵呵的，从不把烦心事挂在脸上。在爱做梦的年纪，她有自己五彩斑斓的梦，如一串串绚丽夺目的泡泡。

二

杜菲菲幻想自己是一朵娇艳的花，还为此写了首诗《女生如花》。诗作完成的第二天，她美美地在女生中宣传，正准备享受掌声和喝彩时，一个没情趣的男生狠狠地打击了她："杜菲菲，你也算花？顶多就是一根狗尾草。"

杜菲菲愣住了，所有女生面面相觑。有人在偷笑，也有人眼睁睁地看着她，想知道她会做出什么反应。杜菲菲在众人的注视下，面色绯红，毕竟这样被当众羞辱，谁都无法做到镇定自若。她红着脸，急急地反击："我就算是一株狗尾草，也是一株爱做梦的狗尾草。"

一时掌声雷动。杜菲菲精彩的话语再次为自己解了围，还赢得了大家的尊重。

爱做梦的年纪，可是大家还有多少勇气去做梦呢？越长大，越明白生活的艰辛，也就渐渐失去了做梦的能力。连梦都不敢做，这有多可悲？可是杜菲菲，她爱做梦，她有勇气。她凭什么要被嘲笑和打击呢？

杜菲菲在班里沉默了好长一段时间，虽然脸上还挂着笑，但大家都看出来了，她有心事。那个没情趣的男生被大家埋怨，说他不该那样对待杜菲菲，毕竟她是女孩子。

男生思前想后，确实觉得自己错了，于是去找杜菲菲道歉。杜菲菲看着他，目不转睛，盯得那男生脸上红霞飞："干吗这样看我？我脸上有什么不对吗？"说着，手不自主地在脸上搓揉。

"扑哧"一声，杜菲菲笑开了，她愤愤又解气地说："逗你玩，不行吗？我这株爱做梦的狗尾草不和你生气了。"

"你还说，根本就是在生气。"男生撇嘴。

"其实挺感谢你的，这几天，我想了许多，似乎也明白了一些以前不曾在意的事。我确实爱做梦，爱做梦没什么不好，但如果总是梦着，那梦永远是梦，我得付诸努力，把自己的梦变成现实，那才好……"杜菲菲说得一本正经。

有人鼓掌。杜菲菲回过头看，原来是老师进来了。她听到了杜菲菲的话，非常赞赏。

"老师——怎么连您也逗我呀！"杜菲菲一脸羞红。

年轻的女老师笑着说："对不起哟！菲菲，我错了，因为我也曾是一株爱做梦的狗尾草。"

三

老师向大家讲述了她青春年少时爱做梦的故事。

"那时候天总是很蓝，风儿温馨，我们一群女生整天幻想着未来的日子，虽然都只是一群平凡的女孩子，但因为爱幻想，让我们变得那么的不一样，因为我们愿意为自己的幻想做努力。我想过自己是世界小姐，身披霓裳，万众瞩目；想过自己是律政佳人；但想得最多的就是以后要当老师，有一群可爱的学生，我和他们一起学习，一起游戏，现在我的美梦成真了……就算只是一株狗尾草，也会因为爱幻想而变得与众不同。”女老师娓娓而谈，有点兴奋吧，她细瓷般光洁的脸上呈现出一种以前不曾见到过的光彩。

杜菲菲竖起耳朵仔细聆听，心一直“怦怦”跳，原来自己尊敬的老师也曾爱做梦。那么多绚丽的梦想，通过努力，终将会美梦成真。她更坚定了自己的想法。

杜菲菲梦想以后当一名女警。每次在街上见到英姿飒爽的女警时，她都特别崇拜。她在网上搜索了所有《霸王花》的电影，看着那些美丽女警机智勇敢地面对坏人，并且不畏艰险，最终将坏人绳之以法时，她都会禁不住兴奋地鼓起掌来，好像她就是她们当中的一员。她还自导自演，把自己想象成那个接受勋章的女警，并口若悬河地做了一番获奖感言。

偶然的一次，杜菲菲接触到了台湾已故作家三毛的书，从此一发不可收拾，她把三毛的书全找来看。她深深地迷恋上三毛曾经生活过的撒哈拉沙漠，喜欢上那种四处漂泊的生活。她想象着有一天自己也能够像三毛一样浪迹天涯，边走边写，那是她神往的生活。她还学会唱《橄榄树》，在齐豫空灵、深情的吟唱中，她觉得自己早已经幻化成天空中那缕飘浮的云，她的故乡在远方。

班上的同学望着常常突然发愣的杜菲菲，说她变得有深度了。杜菲菲盈盈浅笑，深情唱上一句：“不要问我从哪里来，我的故乡在远方……”她的心又开始穿越，飞过万水千山，抵达那苍茫的沙漠。好长一段日子，她总是幻想着她就是三毛，她正在沙漠里驾车，眼前是一眼望不到边的黄沙，在炙热的阳光下闪着刺目的光芒。

同学摸不着头脑，不知杜菲菲哪根神经又搭错线了，在他们正要散开时，杜菲菲又急急地叫住他们：“我说，长大后，我们一起去流浪吧！”遭到嘘声一片。

杜菲菲白眼一翻，嗲声嗲气地说：“你们全是俗人！我爱三毛，三毛也爱我！”

没有人明白杜菲菲在说什么，一个个都走了，其中一个女生临走时，还摸了摸杜菲菲的额头：“没烧呀？估计又开始做梦了。”逗得大家哄堂大笑。

四

杜菲菲的努力大家看在眼里，她完全变了一个人，变得勤学好问，变得勇敢机智，变得……谁也说不清楚，就觉得她充满了魅力。

杜菲菲的文章在一本学生校园刊发表，当老师兴冲冲地来教室告诉大家这一喜讯时，大家才明白了事情的原委。

杜菲菲依旧是那个爱做梦的胖女孩，她五彩斑斓的梦没有变，她有很多自己的人生楷模，她希望自己能够像她的偶像们一样，通过自己不懈的努力，最后抵达自己的顶峰。

“没有人可以轻轻松松就成功，没有人可以复制别人的人生，但她们的精神可以学习。追梦的路上，布满荆棘，但唯有风雨过后的彩虹才是最绚丽多彩的……我不知道我的人生最终会走向何处，但我要努力，一直努力，边梦边走边努力。没有如花美貌，但我要修炼高雅的气质；没有聪慧机敏，但我可以让自己变得更勇敢和坚强；没有去过的地方，都将是我要抵达的远方……虽然我只是一株爱做梦的狗尾草。”

杜菲菲的文章，让大家读懂了这个爱做梦女孩的心声，对她不由肃然起敬。

载于《高中生之友·青春版》

每一株野百合都有自己的春天。就像职场新人杜拉拉一样，只要挺起胸膛，敢想敢拼，就一定会赢得所有人的尊敬。

第二辑

少女丹妮之烦恼

杨丹妮长得很漂亮，虽然被女生排斥，但男生还是喜欢找她说话，更有些大胆的男生偷偷给她递纸条。每当这时，杨丹妮看着纸条总会不屑地笑，老妈早告诫过她，对于这种早熟的男生一定不能给好脸色，要不，对方会纠缠不清。

梦想在路上

文/罗光太

梦想绝不是梦，两者之间的差别通常都有一段非常值得人们深思的距离。

——古龙

出来打工几年，我一直待在高岭土矿，当初一起去的老乡，先后离开了。可我没走，一是觉得老板不错，每个月都能按时发工资；另一个原因，是我喜欢矿山静谧的夜晚。每个晚上，我都过得很充实。

几年前，我收到了三本的大学录取通知书，但那昂贵的费用让我动摇了，虽然我渴望走进大学校园，渴望读完大学后找份体面的工作。这期间，我偶然在一本杂志上看到了一篇纪实文章——《十万元买个水货文凭，叫我如何面对我的爹娘》。文章是一个三本毕业、找工作处处碰壁的大学生写的，很真实，亦很辛酸。这篇文章让我明白，读大学并非人生唯一出路。

我放弃了上大学，选择出门打工。我要和父母一起改变这个贫穷的家，希望把比我更聪明、更有潜力的弟弟培养出来。他小我几岁，已经上高中了。

放弃上大学，我并没有放弃读书，更没有放弃对梦想的追逐，我对自己的人生做出了全新的规划。因为知道自己要走的路，因为是自己的选择，我并不迷茫。出门打工前，我把那张大学录取通知书收藏好，然后从容地告别家人，跟随乡邻来到了福建龙岩的高岭土矿。

刚开始的一段日子特别煎熬，虽然在家时，我也常常帮家里干农活，但毕竟才离开学校，干体力活，身体吃不消。第一天，我的手掌就磨出了几个水泡。回到宿舍，躺在床上，我死过去一般，腰酸背疼，磨破皮的掌心更是锥刺般疼痛。仰面望着低矮的天花板，我禁不住泪流满面。我不是感叹自己命苦，也不是可惜放弃了读大学的机会，而是为自己高兴，我终于熬过了最艰难的第一天。我可以挣钱了，可以为家里出力，稍稍减轻父母身上的重担。

我的适应能力还不错，一段日子后，我就习惯了这份并不复杂的体力活儿，也发现自己的力气较以前大多了。工友们白天一起干活，晚上闲来无事就一起喝酒、打扑克。出来打工时，我简单的行囊中，除了衣服、被子外，剩下的就是我高中时的书，还有大摞的杂志。我在高中时就发表过几篇文章，这是我蕴藏在心中的梦想，我要当作家。

每天晚上趁大家闲聊时，我就关起门来看书、写文章。刚开始，有些工友看不惯笑话我说："早知今日，何必当初？"也有的说："你一个卖苦力的，还看啥子书？"我没反驳，心里却在想：卖苦力的，也可以有梦想吧？

每个月中旬发工资那天是我最开心的日子，不仅可以拿到钱寄回老家，还能休息一天。我早早从矿山乘车到城里，找家网吧，买几个馒头，然后上网把自己近期写的文章打出来，通过电子邮件发送给报社、杂志社的编辑。

工友们后来都很支持我。他们把房间空给我用，把灯泡换成亮一点的，再也没人嘲笑我。我也尽自己所能去帮助他们，为他们写家书，寄汇款，过节时，也会买上几瓶酒和他们畅饮。生活教会我与人为善，自己也变得更快乐。

出门打工后，我的人生规划是：一、打工挣钱，养活自己，帮父母减轻负担，把弟弟培养出来；二、我要积累资金，有机会时继续学习。

当作家是一个梦想，很遥远，但无论如何我都不会放弃，更不会停止自己酷爱的写作，因为在写作时我很快乐，我的心可以自由地飞翔。

年少时的梦想，一直不曾改变。在我的打工路上，能不能实现我最初的梦并不重要，重要的是，这一路上，我努力了，我不曾停歇过。

载于《少男少女》

不忘初心，方得始终，只要清楚自己想成为什么样的人就行了。重要的是一直坚持往前走，而不是用什么方式走。

铿锵玫瑰

文/张素燕

强者容易坚强，正如弱者容易软弱。

——爱默生

在济南悦读天下笔会的会议上，领导专家教授们都分别作了精彩深刻、绘声绘色、声情并茂的讲座。在会议的最后，主持人深情地说：“在我们论坛上，有这样一个女孩。她身体不好，只上过两年学，但她坚持自学，而且写了很多东西，在我们的论坛上一直是最积极，最活跃的成员之一。今天，这位女孩也来到我们笔会现场，让我们以热烈的掌声欢迎她到前面来为我们讲几句话。”

脑海中立刻掠过一个瘦弱的身影。个子不高，瘦长的脸上，有一双俊俏的大眼睛；眼睛里似乎总有些红血丝之类的东西，眼神扑朔迷离，飘忽不定；头发高高地梳起来，但发质不是很好，干枯毛糙，发黄发暗；皮肤也粗黑暗红，反倒衬得那发黄的牙齿有些白了；她上身穿一件普通的粉色半大短袖，下配一黑色小裙，裙子下面又穿了一条黑色的紧身七分裤，看起来很像藏民。

昨晚上睡觉前，我同屋的文友还在议论她，“唉，你们注意到那个只有70斤的女孩了吗？”“看出来了吗，她很自卑，不像大家，都在一块儿从容地谈笑。她躲到一个角落里，不说话。在车上时，她旁边的人还嘲笑讽刺她。说，你是藏族的吧？你咋长得这么赖呢？”“赖这个词，一听就不好。哎呀，对人家小姑娘打击多大呀！你们发现没，她不说话，总是沉默不语。如果你主动跟她打招呼，她才缓缓地说一句，然后就又没话了。看得出她很自卑，像这样的人就多该给她鼓励，给她勇气，给她信心。”

这时只见一个瘦弱的女孩缓缓地走到前台，缓缓地坐下，顿了一会儿，才发出很轻的声音：“大家好，今天我很激动，在这里，我也不知该说什么。我有心脏病，因为治病花了很多钱。家里条件很困难，再加上我身体很弱，上学还需要弟弟背着去，所以，只念了两年学，就不上了，让弟弟妹妹上学。”

她喘了一口气，声音有些发颤地说：“我在家干些零活儿，闲着没事儿时，就读书学习，渐渐地爱上了写作。我写的东西还很不成熟。”她又顿了一会儿，有些哽咽地说：“今天我坐在这里很高兴和激动，我真的不知该说些什么，谢谢大家对我的关心和帮助。就这样吧。”她鞠了一个躬，手足无措地起身离开。

台下响起了热烈的掌声。

于是，她引起了我的注意。活动期间，她一直沉默寡言，用一双朴实而忧郁的大眼睛看着一切。陪伴在她身边的是一个体形瘦弱，个头略高，背稍有些弯的男孩，看上去有二十来岁，穿着也很朴素。问之，是她的弟弟，怕姐姐身体不适，不能照顾自己，特意陪伴过来的。

饭后小憩时，我见她坐在白云湖畔的小石凳上，看着远处的“接天莲叶无穷碧，映日荷花别样红”的景色发呆。我在她旁边坐下，和她攀谈起来。“你真美，眼睛真漂亮。”“没有的啦。”她不好意思地笑了。“你只念过两年书，那你后来是怎么学习的呢?”“我跟弟弟妹妹学，让他们教我。”她幸福地说着，开心的笑容在脸上绽出花儿来。虽然只是简单的一句话，但背后饱含着她多少的心血和汗水啊！我们坐在宽敞明亮、教学设备齐全的教室里，有老师精心细致的教导还学得不怎么样。而她呢？在简陋得连书桌都没有的家里，只能趴在床上学习。低矮的房屋里，透不过几丝光线。她之后还要干活儿，只能抽弟弟妹妹放学回家的工夫，赶紧趴在床上，撑开书本，向弟弟妹妹请教，认真地学着，写着，记着……

“遇到过难题吗?”“噢。”她笑着点点头，“弟弟妹妹不在家，我就认真反复地想，有时做梦还在做题呢！”这让我想起冰心先生在《我的老师》一文中写的，她算术不合格，T 女士帮她补习。冰心很用功，对于学算术真是全神贯注，有几个困难的习题，竟是在夜里苦想，梦中做出来的。

“后来是怎么接触上写作的?”“干完活儿，没事儿的时候我就看书，看各种各样的书。书看得多了，就有一种想写的冲动。”“后来，家里买了一台电脑，我就上网。注册了论坛，在论坛上发稿子，这为我的写作打开了一片新的天地。”

她缓缓地说着，话有些轻，气有些喘，还时不时地咳两下。我忽然觉得眼前这个虽已 30 岁的姑娘，是那么的小巧玲珑，惹人爱怜，让人有一种想要帮助她的心愿。但我知道，如果此刻给她钱的话，会伤她自尊的。我唯一能做的就是多跟她交流，多陪她说话，让她在都忙得不亦乐乎的人群里显得不再那么孤单，不再那么寂寞，不再那么受冷落。

笔会活动结束的前一天晚上，我把我的老师写的一本书送给了她，上面的留言是这样写的：

亲爱的小妹，你是好样的！你给了我们大家太多的感动。不怨命运不公平，我的人生我做主，你已经用你踏实的脚步，踩出了一条光明的道路。你是一朵漂亮的玫瑰花，铿锵而又馥郁。记住，不管在哪里，我们都在为你加油，喝彩！

她双手捧着那本书，不时地回头望向我，那双忧郁而又感激的大眼睛，那浅浅而又真诚的笑容，像极了电影里的“回眸一笑”，深深地定格在我的心间，让我久久不能忘怀。

可爱小妹，铿锵玫瑰，相信你的生活会比花灿烂，比水清澈，朴实无华而又绚丽精彩！

载于《悦读》

当年田震唱《铿锵玫瑰》的时候，那粗犷令人振奋的声音不知感动了多少人。是啊，追梦路上总是百转千回，无怨无悔，从容面对就好了！

少女丹妮之烦恼

文/龙岩阿泰

语言只是一种工具，通过它我们的意愿和思想就得到交流，它是我们灵魂的解释者。

——蒙田

一

杨丹妮是班上新转来的女生。她很漂亮，初来乍到，就赢得了众人的好感。可是才过了半个学期，她却敏感地发觉大家开始躲避她了。

杨丹妮感觉很孤独，长得漂亮是上天恩赐的，能怎么样呢？她觉得大家躲避她，无非是因为她长得好看，让大家羡慕嫉妒恨了。

随便吧，各行其道，不见得我就非得跟她们在一起。杨丹妮暗暗宽慰自己。但在教室里，看见别人谈笑风生时，她还是会不自觉地感觉到被人冷落的难过。她还听见有同学在背后议论她嘴巴抹了蜜，没一句真心话，甚至于有人直接说她虚伪。

我虚伪吗？杨丹妮觉得自己很委屈。

二

杨丹妮记得在原来的学校里，自己就是因为实话实说，得罪了不少同学。

杨丹妮原来的同桌是个胖胖的女生，叫刘燕子，仅仅因为别人在叫她“小燕子”时，杨丹妮开了个玩笑，她说：“这世上哪有这么胖的小燕子呀？叫‘大鸟’还适合一些。”

就因为这一句话，刘燕子当场和杨丹妮闹翻了。班上其他女生也觉得杨丹妮太过分了，要她给刘燕子道歉。杨丹妮不愿意，她觉得自己只是实话实说，没有错。类似的情形发生过几次后，杨丹妮就被众人排斥了。

原以为转学后，在新的环境里，一切都会变得好起来，但半个学期过去，情形依旧如此。杨丹妮不明白自己又做错了什么，她已经记住教训，完全按照老妈说的，要多赞美别人，这样就能赢得好人缘。可是她这样做了，身边的同学还是不喜欢她。

杨丹妮现在的同桌是个黑黑瘦瘦的女生，按以前，杨丹妮肯定会说她是从非洲来的。但现在，杨丹妮知道说话太实在遭人嫌，就赞美同桌的肤色健康，还说国外许多人都会特意到海滩把自己晒黑。“那你为什么不晒黑？还养得这么白？是在讽刺我吗？”同桌女生撇撇嘴，冷冷地丢下一句话，就转身走出教室。

那女生后来就跟其他女生说杨丹妮虚伪，明明知道所有女生都希望自己有白皙的皮肤，却故意跟她说黑皮肤代表健康。一个胖女生听后，接着说：“是呀，她还跟我讲，我的身材刚刚好，她很羡慕我，要是在唐朝，大家都抢着让自己长胖。我就说，那你怎么不长胖点？她说她长不胖。长不胖？骗谁呢？”

几个女生围在一起，叽叽喳喳说个不停，最后的统一结论是：杨丹妮为人太虚伪，不值得交。杨丹妮后来知道了别人对她这样的评论，默不作声，心里却翻腾得厉害：我说真话，大家接受不了，说我嘴太损；我现在学着赞美别人，她们又说我虚伪。到底要如何做才好呢？杨丹妮想不明白。

杨丹妮变得不爱说话了，她感觉很累，说一些言不由衷的赞美话，连自己都觉得恶心。但为了让自己有个好人缘，她说了，结果却被大家说成“虚伪”。

三

杨丹妮长得漂亮，虽然被女生排斥，但男生还是喜欢找她说话，更有些大胆的男生偷偷给她递纸条。每当这时，杨丹妮看着纸条总会不屑地笑，老妈早告诫过她，对于这种早熟的男生一定不能给好脸色，要不，对方会纠缠不清。

对于源源不断的示好小纸条，杨丹妮看过后就撕了。她遵从老妈的教诲，从不正眼看那些男生。老妈告诉过她，人要脸，树要皮，只要她以沉默应对，那些男生就会明白她的意思，就不会再写那些无聊的纸条了。在以前的学校，她同样收过不少纸条，都按老妈说的办法处理，确实有效果。可是在新学校里，她遇见了一个让她颇为头疼的男生。

那男生是隔壁班的杨旭，在学校里有“校草”之称，是很多女孩喜欢的那种有点吊儿郎当的高个男孩。刚开始，杨旭以交友小纸条探路，见杨丹妮毫无反应后，他就开始给她写信，信很长，洋洋洒洒五六页的作业纸。杨丹妮听同学说过，很多女孩喜欢杨旭，甚至于有两个女孩还为杨旭大打出手过。

杨丹妮的冷淡和拒绝更是激起了杨旭的斗志。见长信也打动不了她后，他干脆每天课间都跑到杨丹妮的教室，坐在她前排的位置，转过身，却什么也不说，只是脸带微笑，目不斜视地盯着她。杨丹妮感觉很别扭，她知道班上的同学都在注意自己，这让她浑身不舒服，于是走出教室。杨旭寸步不离地跟着她，这让杨丹妮感到烦不胜烦，她冷漠地对他说："拜托，不要这样跟着我，太烦人了！"杨旭不吭声，依旧嬉皮笑脸地望着她。

班上的女生见杨丹妮不理不睬她们心目中的"校草"，居然群起而攻之，说杨丹妮假清高。也有一些女生曾偷偷给杨旭递过纸条却被拒绝了，现在见杨旭居然紧追杨丹妮，还被骂成"太烦人了"，可她们从来没有享受过杨丹妮这样被男生"众星捧月"般的幸福，心里的嫉妒此时就像一团熊熊燃烧的火。于是，她们把曾经被男生拒绝的怨气全撒到杨丹妮身上，说她有什么了不起，一脸狐媚样。

杨丹妮知道这事后，目光荒芜，心灰意冷。她搞不明白怎么会这样，所有的错似乎全在她一个人身上。

当杨旭不仅课间跑来找她，放学后还尾随她回家时，杨丹妮发怒了，她在路上愤愤地指着杨旭说："你觉得这样很有意思吗？我的沉默是希望你自重，并不等于我就可以接受你无休无止的骚扰。你可以不自爱，但你这样让我烦透了，我恨不得你马上消失……"愤怒的杨丹妮在骂杨旭时，已经顾不得在她身后不远，几个同班的女生正看好戏一样地望着她。

果然不出所料，才半天工夫，杨丹妮在路上指着杨旭叫骂的事就在学校里传得沸沸扬扬，版本很多，但意思都是说杨丹妮看似高贵文雅，其实骂起人来，比泼妇还可怕。

四

杨丹妮越来越害怕去学校了，她不知道为什么会这样，无论她如何做，总不能讨得身边同学的欢心。一直以来，她只想好好和身边的同学相处，但这么一个简单的愿望都那么难以实现。

她们是嫉妒我漂亮吗？但学校里漂亮女生不止我一个，她们为什么就不会被排斥？而我，无论是说真话，还是说虚伪的赞美，都让人难以接受。拒绝一份不该发生的情感也错了吗？我到底要如何做呢？杨丹妮陷入孤独的境地，难以自拔。

孤独的杨丹妮整日愁眉不展，郁郁寡欢，班主任发现后，及时找她了解情况。其实杨丹妮也正想找人倾诉一下内心压抑得她喘不过气的积郁。

听完杨丹妮的话后，班主任说："说真话没错，但当你的真话像针一样刺得别人难受时，你是否考虑过换一种更好的方式来表达？赞美别人也没错，但你的赞美真诚吗？你要知道唯有真心才能交到真朋友。你用沉默的方式拒绝别人对你的追求，这本身也没错，但当这种方式不起作用时，你可以单独告诉那个男生你心里真实的想法……"

杨丹妮郁结的心渐渐打开，她终于明白了自己要如何做才是最好的。

载于《中学时代》

说真话不难，难的是用委婉的方式，让别人接受你的好意。所以，劝说和教育虽然都是出于爱，但更需要讲究方法。

月亮的光芒

文/李　莉

环境影响人的成长，但它实在不排挤意志的自由表现。

——车尔尼雪夫斯基

一

我是陈晓星，姐姐叫陈新月。我一直佩服我爸取名有预见性，大我两岁的姐姐开朗、漂亮，如同一轮明月，而相貌普通、性格内向的我就是明月旁的一颗小星星。

姐姐喜欢唱歌跳舞，成绩优秀，朋友很多；我喜欢静静看书，悄悄写作，朋友很少。父母很担心我，总是对姐姐委以重任："新月，你要去玩，就带上你妹。你要带妹妹多接触人，她这样一天到晚窝在家里，性格要自闭的。"要不就是："新月，你教妹妹唱歌嘛，她一天到晚不吱声，这性格不好。"这些话，让我听出父母的担心，也让我感到自己性格确实有缺陷。

可人的性格本是天定，人的爱好本不同，我不喜欢变成姐姐那样，哪怕她很优秀。

我愿意做一颗安静的星星。

可是，有件事真的刺激了我的自尊，让我看到自己在父母心里的位置。

高中那会儿，学校组织了文娱社，我姐被老师推荐参加了。回到家，她高兴地对爸爸说起了这事。

爸爸喜上眉梢，然后问："你妹参加没？"

"没有，这是老师推荐的。"姐说。

爸爸沉吟一会儿，眼一亮，对姐说："这样，你对你老师说，让老师也让你妹也参加，就说是搭一个嘛。如果老师不同意，你就说你不参加了。"

爸爸无心的话让一旁的我心里一凉，我什么时候变成"搭头"了——我们那儿卖菜的，喜欢将好卖的菜"搭"点不好销的东西一起卖。原来我在我爸心里，就是那"滞销货"，需要同优秀的姐姐"搭"在一起才能推销出去。

"我不去。"我瞪了他们一眼，转身回到自己的屋里。

"对她好，她还来脾气了……"爸爸不解的声音传来。那种猝不及防的挫败感，让我的泪一下涌了出来。

为了避免姐姐的光芒刺伤我，我开始疏远姐姐。

好在姐姐读大学了，尽管她总打电话来汇报她的进步，可是毕竟距离我远了，我可以暂时淡忘她的优秀。

两年后，在我填高考志愿时，父母希望我填我姐读的学校，理由是，我姐现在已是学生会的主席，她会关照我。

尽管不愿意，但我还是顺从了他们，又当了我姐身边的星星。

父母送我到学校时，当着我们姐妹的面，对我说："你在学校，对别人介绍自己时，一定要说你是陈新月的妹妹，这样别人就会对你刮目相看了，以后机会也会很多。"他们没注意到原本笑意盈盈的我，神色又暗淡下来。

那个陈新月的光芒没照耀到我，我却一直活在她的阴影中。

我姐没接父母的话，只是握住我的手，温柔地看着我。

二

住校的生活，让我能静下心来看书了。我也试着写文章，学校出版一本校刊，我盼望自己的文字能出现在上面。

有时我想，如果我在投稿时，附言中遵照爸爸的设计，写明我是那个名扬全校的陈新月的妹妹，会不会就能顺利见刊？但是，这不是我的性格。我要凭自己的能力，绽放出自己的光芒。

我没托我姐给别人打招呼，也没给自己贴名人之妹的标签，便将我用心写的文章投了出去。

两星期后，当我见到班长领来了崭新的校刊时，我的心怦怦直跳，装着漫不经心地拿过校刊，慢慢翻看，猛地心里一热——我写的那篇文章就在上面，我的名字就在上面。

一直觉得暗淡的自己，原来竟不是那么差。我幸福得有些眩晕，内心酸楚而又满足。

但是，我没有急着打电话向父母报喜，也没有告诉姐姐这件事。我想他们也不会在意我取得的这小小的成功吧。

第二天，我到学校的花园里静静地看书，身边有几个女孩在大声议论着。一个女孩说："你认识陈晓星不？校刊上她的那篇文章写得真好。"另一个女孩说："写得真不错，我读了很多遍，最经典的那几句我都快要背下来了……"然后，她竟一字一句地背出我写的一些句子，那种被人认可的喜悦弥漫全身，我兴奋极了，又听一人插话："听说她是陈新月的妹妹。"我心酸地笑了，原来我真的被贴上了这一标签。不料那俩女孩同时说："陈新月是谁？"

猛然间，如醍醐灌顶，我的心豁然一亮：原来，也有人不认识姐姐，我也有自己的“粉丝”。星星完全可以发出自己的光，而且这光可能更迷人，更有感染力。

她们的一席话，让我从姐姐和家人给我的阴影中彻底走出。我含泪而笑。

我感激地看了眼旁边的三个“粉丝”，那一瞬间，我记住了她们的样子，因为她们可能会改变我的一生。

在她们那不经意的鼓舞下，我开朗了，也有了自信的笑容。我的文章不仅见诸校刊，也开始刊登在全国的报纸、杂志上。

我交了很多爱好文学的朋友。

星星，开始绽放出自信的光芒。

但是，面对着亲人，面对着姐姐，我仍无法释怀。我发表的文章，从不给他们看。

他们，不会认为我优秀；他们，只看重那个能歌善舞的新月；他们，从不知道陈晓星也会放歌，只是，她是用自己的文字。不是所有的音乐都有声音，这世界，表现美的方式多种多样。

姐姐依然那么关心我，她总是到我宿舍来嘘寒问暖，有时，她会给我带来一些她买的书。那都是她不爱看的书，我知道她是特意为我买的。

我心里的块垒在她春风化雨的关怀下，渐渐开始消融。

三

姐姐要参加工作了。假期里，为了庆祝姐姐找到工作，爸妈让姐姐请了她的好友到家里吃饭。

姐的人缘真好。一下子，家里来了十多个她大学时的朋友，大家齐聚一堂，热闹非凡。

我也真心为姐高兴，帮着爸妈招呼客人，不料，在客人中，我竟然见到那三个女孩。我有点傻眼，那三个，我一直都忘不了，她们不经意的话，让我明白自己有多优秀，让我明白，我也有自己的“粉丝”。

如今，我的疑似“粉丝”就在身边，其中两个还说自己不认识姐姐，可她们同姐姐在一起说笑时，我看出她们本是好朋友。

我给她们递上削好的苹果，脸上有藏不住的困惑。

她们见了，乐了。

其中一个说：“晓星，你现在快成作家啦。你真了不起，难怪你姐一直以你为荣呢。”

什么，我这么优秀的姐姐竟以我为荣？我诧异极了。

“我还记得你在校刊上发表第一篇文章时，你姐在宿舍里的那个高兴劲儿。她一直在读你的文章，一遍一遍地读，读得我们全宿舍的人都能背你的文章了。她还说，她妹妹很优秀很优秀，只是这种优秀没被完全开发，就如同一块没打磨的美玉。”

我真正的粉丝竟然是姐姐！我吃惊地看着姐，她微笑着朝我看，那笑的光芒，温暖而美丽。

“然后，你姐安排我们到你常去看书的地方，我们背了一些她精心设计的台词，故意让你听到。我们不知道这些台词背给你听有什么用，但是蛮好玩的，我们演得也很投入……”姐姐没料到她会提这事，忙去拉她的手，想制止她再说下去。

我明白了，那天，能支撑起我的信心，能让我摆脱掉多年心理阴影的“巧遇”，全是姐姐精心设计的“骗局”。

如今，性格阳光，自信盈怀的我静静地看着那年的那个“骗子”和她的朋友们。

我自嘲地说：“我还以为你们是我的粉丝呢。”

姐姐尴尬地说：“晓星，你的确有粉丝，真正的第一个粉丝，那就是我。”

我抱住了姐姐。这么多年，我第一次抱住了这个曾经在这个家里让我感到光芒万丈，却又让我敬而远之的人。

我们两姐妹，笑得阳光灿烂。

我觉得真幸福，谁曾想到在星星懊恼着月亮太耀眼，掩盖了自己的光芒时，那可爱的月亮，却一直用亲情之光在悄悄照耀着星星。让那颗一直自卑的星星在爱的光晕中，折射出了自己的光芒！

载于《少年心世界》

我们身边总是不缺乏带着耀眼光芒的月亮，它使本就黯淡的我们感到更加敏感自卑。本能的嫉妒和倔强蒙上了我们的双眼，使我们只感到了光芒的刺痛，而看不见光芒亦温柔地照亮我们本身。

点亮自己，你就是一束光

文/顾晓蕊

忍耐和坚持虽是痛苦的事情，但却能渐渐地为你带来好处。

——奥维德

进入高中以后，随着新入校的新奇和喜悦渐渐褪去，我们陷入紧张而繁忙的学习中。

父母的期盼，老师的叮咛，像鞭子一样轻轻拍打在我们身上，以致不敢有片刻的松懈。看到同宿舍的小薇买来厚厚一摞复习资料，阿莉边吃午饭边背诵英语课文，我不由得暗暗着急。

“人之为学，不进则退，大家都要加油哦!”听老师这么说，我心里先是一惊，又一沉。

这时，同桌向我请教一道数学难题，我支吾着推说有点忙。我正兀自烦恼着，并不想理会他，另一方面还暗藏着一点小心思，生怕被同学赶超上来了。

时光如水，匆匆流过，一晃就是一年多。那天中午，我倚窗朝外看，宿舍楼下的花开了。亮灿灿的迎春花，白而硕大的玉兰花……春天已在不知不觉中悄然来临。

“我们去看花吧，万顺街的樱花应该开了。”我提议说。

“下午有自习课。”小薇有些纠结地说，“可是，花开不等人啊。”

“好累啊！咱们去放松一下吧。”阿莉把眼睛从书本上移开，急忙附和道。

那条街的路两旁种满了樱花树，这些日子里，我们只顾埋身于书山题海，不曾邂逅一场花事。因此，那个阳光和暖的午后，我们约好一起去看樱花。

我们悄悄地溜出校门，一路上笑闹着，拐过十几个路口，来到位于城东的万顺街。

到了那里，我们瞬间被眼前的景象惊呆了。那一树树的繁花，团团簇簇，灿如云霞。微风徐徐吹来，搅动着花香，片片花瓣飞落，整条街香气四溢。

我们慢慢地沿着路边向前走，这一片花天花地，令我们迷了眼，醉了心。那一地零落的花瓣，多么像我们的青春岁月，美丽而短暂。我们欢呼着、感叹着，忽然瞥见一个熟悉的身影。

班主任吴老师骑车从马路对面过来，她显然看到了我们，微怔了一下，接着骑了过去。

“唉！这下可糟糕了，回去等着挨批吧。”小薇神情沮丧地说。我们顿时兴趣索然，仓促地结束了出游，返回学校。

上晚自习的时候，我心里有些忐忑不安，可老师对此只字未提。

晚上宿舍熄灯后，我们开始卧谈，大家抱怨起做不完的习题，应付不完的考试。那一瞬间，我们就像乘坐在同一艘船上，行驶在漫无边际的夜色里，看不到未来，也感觉不到希望。

“总有一天你们会明白，苦学的日子也是好日子。点亮自己，你就是一束光。”门外传来巡夜老师的声音，正是班主任吴老师。这蜻蜓点水似的话，却在我们心里荡起涟漪，大家一时无语，陷入了沉思。

那以后，在忙碌的学习中，我们少了一些抱怨，多了一份担当。那年高考，我们宿舍每个人的成绩出奇得好，都考上了各自理想的大学。

在漫漫人生道路上，我遇到很多不如意、不顺心的事，但每想起老师的那句话，就犹如一束光照入心底。不管面临怎样的境遇，只要点亮一盏心灯，便能心境通明，无所忧，亦无所惧。

载于《新青年》

点亮心中的灯，给自己希望，给自己力量。没有人可以打败你，当然，也没有人可以拯救自己，只有靠自己。

父爱的速度

文/安　宁

黑暗时，父爱是一盏照明的灯。

——梁凤仪

那一年我读高二，正是需要加速的时候，却因为成绩的飞快下滑和老师的忽视而自暴自弃，甘愿与街头一些地痞混混待在一起，用从父母同学那里骗来的钱吃喝玩乐，惹是生非。

老师们皆已经对我放弃，只要言行不是太过分，不打扰课堂秩序，他们也懒得搭理我，任我像一株麦田里突兀而生的野草，自生自灭。父亲并没有察觉，照例在周末的时候来看我，只是偶尔问起我的成绩时，看到我一脸的躲闪，而略有失望。但他依然在我骗他钱花的时候，一句话也不说，就将捂得发烫的钞票，一张张细细地数给我。

很多次，我都希望他能骂我一顿，哪怕只是嘟囔一句“节省点花”也好，这样我心底的内疚或许会少一些。事实却是什么也没有，他那样盲目地信任着自己的儿子，盲目到撒谎的理由如此拙劣，连母亲都生出质疑，他却照例在微红着脸的我面前一言不发。

我在父亲的“放纵”里，试图小心翼翼地遮掩起自己的劣行，但还是有一次，闹到连转身的余地都没有。是无意中参与了一场巷战，并不知道打架的目的是什么，只知道发泄似的冲上去跟一帮人乱打。打到别人都跑走了，而我还站在一个被打昏过去的男生面前，竟是挪不动腿，被路过的一个老师当场捉住，扭送到校长室去。而校长，只瞥一眼我劣迹斑斑的违规记录，便摆摆手说，你回家去吧，以后也不必再来了。

我就这样神思恍惚地收拾了书包，被老师遣送回家。走到门口的时候，看见父亲正在院子里满头大汗地劈柴，洗得发白的衬衫，湿溻溻地贴在身上，耳边被汗水浸着的一绺白发，在阳光下，那样鲜明且刺眼。我突然想要逃掉，却是被父亲抬头叫住了。我茫茫然地将一张勒令退学的通知递给他，他看了许久才叹口气说，你在家先学习，晚上跟我去校长家坐一坐。

平生从来没有求过人的父亲，将给我攒好的下学期的所有费用，都提前支出来，换成名牌的酒和茶叶，而后趁了夜色，骑车带我去了校长家。这也是父亲第一次给人送礼吧，他明显地有些紧张。在一次车祸里，被撞瘸的右腿，走起路来，愈加地艰难。在昏暗的楼道里，往上爬的时候，我跟在父亲的身后，看他虚胖的背影，在台阶上一一划过。偶尔我轻咳一声，会惊得他微微一怔，随即小心翼翼地四下张望一番，确定没有人看到，这才继续溜了墙根前行。

终于敲开校长家门的时候，父亲已是一头大汗。校长开门看到神情谦卑的父亲，先是一愣，随即瞥见低头缩在后面的我，这才明白过来。勉强让我们进去后，校长并没有因为父亲前来道歉便有多么客气，他只是几句话，便将我重新回校的希望捻灭了。但父亲却是一直微笑听着，点头附和着校长的每一句话，又几近低声下气地反复说，求校长宽容一下，给孩子一个读书的机会。一旁的我，在缭绕的烟雾里听着，突然很想冲出去，再不回头。

但还是跟父亲挨到了最后一分钟，起身要走的时候，校长很坚决地要把提来的东西让父亲拿回去。父亲却是在他转身去提的那一瞬间，拉起我，便冲出门外去。而校长也动作迅速地紧跟出来，黑漆漆的楼道里，父亲如一只矫健的小兽，在后面的追赶里，箭一般嗖地飞出去，将那些阻挡他的荆棘和藤蔓统统地撞开去。而他那条微瘸的右腿，那一刻也像是被注入了一股非凡的力量，突然间无可匹敌。而百米常常夺冠的我，若不是父亲紧紧地拉着，怕是也早已被他远远地落在了身后。

将校长甩得无影无踪的时候，父亲终于住了脚，扶着我的胳膊，弯腰大口大口地喘气。片刻后，他抬起头来，无比自信又无比得意地笑道：只要留下了东西，你回校读书的事肯定就有希望了。而我，却是在他的这句话里转过身去，无声无息地哭了。

果真像父亲说的，几天后，我便接到了回校读书的通知。父亲送我回校的时候，并没有像母亲一样，喋喋不休地一路唠叨。而我，也没有向父亲保证什么。但此后的我，却是在心里，将那个晚上，父亲奔跑的姿势，牢牢地记下，且以同样神奇的速度，紧咬了牙，一直跑到了高考结束。

我的大学录取通知书，是校长帮我取的，同时交给我的还有一年前父亲送给他的酒和茶叶。校长捶我一拳，说：你小子记住了，你能有今天，不是因为我给了你机会，而是你父亲拖着残疾的右腿，拼命跑出来的。我从来没有见过一个父亲，有那样让人叹服的速度……

原来父爱的速度，刻骨铭心记住了的不止是我一个人。

载于《文苑》

父爱不像母爱那样表现得淋漓尽致，随处可见，他大多时候埋在心底，只是在关键时刻才显露出来。父爱的力量往往使他超越自己。

告诉你一个秘密

文/马朝兰

仰之弥高，钻之弥坚。

——《论语》

一

从步入学堂的第一天开始，他就如一朵僻幽的山花，在漫漫的人海中，无关紧要地开着谢着。没有人知道他叫什么名字，也没有人想去解开这个毫无价值的谜团。

他渴望走进他们中间去，与他们一起在溢满草香的校园小径上欢笑，一起簇拥着上下学，一起逃课到遥远的西山上抓鱼。在旁人看来，这都是些平凡至极的事件，可对于寡言自闭的他来说，却是一连串闪亮而又模糊的梦。

站在偌大的群体里面，他时常感觉自己像一块玻璃。譬如，清晨做广播操时，站于他身前和身后的两位同学，总能将眼神透过他的身躯，叽叽喳喳地说笑不停；譬如，在全班自由调整座位时，他永远改变不了一人独占课桌的局势；譬如，有人在课堂上传纸条，快到达他所在的位置时，别人宁可叫他前面的同学，也不愿顺手把纸条给他……

他开始阅读很多关于交际的书籍。书上说，得有勇气打开自闭的大门，向别人袒露你的诚意，这样，别人才会由衷地接受你。于是，他决定在某个午后，独自走上讲台，慷慨激昂地和台下的同学们说："我想和你们做朋友，可以吗？"

为了打开这扇自闭的门，他做了很多努力。他甚至知道，深呼吸和自我暗示可以排除内心的恐惧和紧张。

一个流光四射的午后，他耷拉着头，穿过走道，欲独自登上讲台，他想，他该说出自己的心声了。踏上讲台的一刻，他感觉瞬间气血翻涌，险些无法喘息。凝神寻思，赶紧在众人的一片惊愕中拿起黑板擦，急速转身，化惊恐为力量，猛烈地擦黑板。

二

体育课上，老师让做一个名为"抱团"的游戏——众人手拉手，围成一个大圈，不断奔跑。老师站于中间，等混乱之时大喊一个数字后，众人迅速抱团，每团的人数必须与老师口中所说的数字均等。要不，就判为输家，得出一个有新意的节目。

不管老师说"5"还是说"6"，他都是输家。很多次，他想要冲入人群之中，与他们抱成一团，却每每都被决绝冷漠的眼神挡了回来。

那个原本他决定打开心门的午后，成了他一生的伤痛。站在风尘呼啸的操场上，他从未如此绝望过。看着那些嘲笑的脸，他忍住泪水，游戏了一下午，也被罚唱了整整一下午的《明天会更好》。尽管很多人到后来不愿再看他的节目，可仍是没有办法。因为只有他一个人输，并且他只会唱这一首流行歌曲。

后来，他在众人的嘘叹声中完成了最后一次表演。那个夜晚，他伏倒在门窗紧锁的书房里哭得忘乎所以。几近天亮的时候，他给班主任写了一封绵长的求助信，希望能通过老师的帮助来获得同学的认可。哪怕一个也好。

次日午后，班上的两个坏同学先后被叫了出去。归来后，他们特意看了一眼仍旧自闭不语的他。

他惶恐不已，他以为，老师把他们俩严厉地批评了一顿。因为，他在信中明确指出就是他们俩唆使周旁同学不要与他交朋友的。如果真是这样，他的麻烦就大了。这两个无所事事的坏同学，一定会在放学的小路上找他算账。

放学后，他静坐在教室里，想等他们走后他再回去。岂料，他们竟也一起坐在教室里！

等人走得差不多的时候，他们俩上来了，他想跑，可腿脚一下子不听使唤了。他握紧了书本，心想："要是他们动手的话，我也得做点反抗吧？"

"哥们，我们一起回去吧！"两双温热的手同时搭上他的肩膀，再从肩膀滑向他的背后。抬头触及他们真挚的眼神，他不忍拒绝。

他第一次与他们笑着走过溢满草香的校园小径。没人看到，在那个暮色四合的午后，他的双眼里一路都噙满了泪水。

后来，他的朋友越来越多。他做任何事，碰上任何困难，只要旁人看到，就算他不开口，他们也会在第一时间前来帮忙。

他无时无刻不在感激着自己的班主任。他想，是老师把自己的诚意传达给了同学们。因此，他开始努力学习，想用最好的成绩来回报恩师。

三

高考之后的毕业联欢会上，其中一位落榜的坏同学缓缓朝他走来，坦然地说："我决定补习，将那些落下的知识重新拣回来。当然，谢谢你两年前对我的肯定和鼓励，希望明年我们能在大学相见，继续这段未完的友谊!"

说完，坏同学向他伸出了手掌，他迷茫地握住这双真诚温暖的手，内心一片风暴。

会后，他终于鼓起勇气，拉住这位坏同学悄然问道："你说我鼓励了你，什么时候?"

那人狡黠地看了看他，从兜里摸索出一张陈旧的纸条，上面赫然写道："告诉你一个秘密，你注意到班上那个最自闭的同学了吗?我对他做了一个调查，问班上最热情，最有潜力的同学是谁，真没想到，他给我的答案竟然是你!我想，他不曾与旁人交往，也就不可能对谁存有私心和偏见。因此，这个答案该是最为公正的。最后，希望你不要把这个秘密告诉其他的任何一位同学，免得伤了你们之间的和气!"

握着这张时隔两年的纸条，他的泪水奔涌而出。一直以来，他都以为是自己的诚意感动了周旁的同学，殊不知，原来是恩师的良苦用心起了作用。

当然，他一辈子都不可能知道，这样的"秘密纸条"不光是这位坏同学收到过。那位年过半百的老头，曾一天写一张纸条，发一张纸条，足足花了两个月的时间才把这个"秘密"传达给了与他相关的每一个人。

载于《中学生》

我们都曾有过这样一段被孤立的时光，需要被支持、需要被认同，那是一段苦闷的日子。也许我们也曾这样关爱过一个人，默默地做了很多事情而从不让他知道。

落于信纸上的悠然时光

文/冷 焰

友谊是使青春丰富多彩的、清纯的生命旋律，是无比美丽的青春赞歌。

——池田大作

十五岁

顾小安咧着嘴巴朝我挤眉弄眼地拉手风琴时，我刚满十五岁。他身穿一件素白的叠领条纹衬衫，怀抱一架古旧的手风琴，迎风拉得呜呜作响。

我看着那一整块镶嵌在按钮与琴键中间被拉伸闭合的扇片，总会想起田野上空，天际深处的流云。它们像极了这些苍白的扇片，心甘情愿地让天空的手掌拉扯着，偶然累了，便滚滚地从山的那头顺风卷来，呼啸一场淋漓的雨。待阳光一来，它们又消失在天际的深处，无踪无影。

我说，顾小安，你去给我买杯绿茶吧。他便会停了音乐，从台阶上“砰”地跳下来，呼哧呼哧地跑到学校门口给我带回一杯清凉微苦的绿茶。

喝到见底时，我总喜欢扯住那根青绿的线，将茶包提出来，放在嘴巴里使劲儿吸。每每这个时候，顾小安就会心疼地说，林晓菲，你别这样，扔了算了，要是你喜欢吃，以后我还给你买。

他一说完，我就会扯断那根青绿的细线，把茶包吐得老远。其实，我并不喜欢喝绿茶，我最喜欢的是正午日光中的大杯薄荷水。那种凉凉的微妙感觉，像碎裂的冰块穿过身体。只是，所有的饮料里面，惟独绿茶杯会放茶包，惟独这样的茶包才能让我放到嘴巴里，换取顾小安的一丝心疼。

顾小安说喜欢我的时候，我的身体还没有发育的迹象。我说，顾小安，我们现在只是哥们儿，你要是真喜欢我，就等我变成女人的时候再追求我吧。那时候，我才可以不顾一切地跟你牵手，走过川流不息的大街小巷。

顾小安说，好，林晓菲，你可要记得你今天说过的话啊。我用力点点头，顾小安欣喜若狂地跑进教室，把那架破旧的手风琴抱在怀里，挤眉弄眼地问，说，你唱首歌儿，我给你伴奏。

我说，行，就那首《十七岁的雨季》吧。

十六岁

十六岁生日，顾小安送来一大包彩色的信纸和贴有邮票的信封。

他说，林晓菲，你可不能忘了我啊，要随时给我写信。还有，什么时候你变成女人了，一定要记得告诉我。我没有说话，静静地站在风起的十字路口，看他跟在他母亲身后，上了一辆深黑的小车。后来，我就再没见过顾小安。

几日后，我坐在日光漫漫的秋千上，口渴了半天，仍然等不来顾小安时，我这才急急忙忙地四处询问顾小安的下落。后来，有朋友告诉我说，顾小安回北京去了，他在这里没有学籍档案，最后一年半得回去跟着复习，才能参加高考。

我一个人买来绿茶杯，坐在破旧的秋千上，大口大口地往嘴巴里灌，无人问津。最后，我扯住那条青绿的细线，将茶包放到口里，拼命地咀嚼，咬碎，都不曾听到顾小安心疼的声音。那一刻，我才相信，顾小安是真回了北京。要不，他绝对不会这么残忍，眼睁睁地看着我一口口咬着茶包，苦到流泪，都躲在暗处无动于衷。

顾小安走后，手风琴有了新主人。因为那是学校里的公共财产，学校不可能让一个乐队缺少风琴手。

新来的风琴手是个面容清秀的男生，有些消瘦，眉宇间驻满了忧伤。有一次他坐在秋千上练手风琴时，我主动过去和他搭讪了。

嘿，小子，你坐了我的位置。话一说完，我继续把嘴巴贴在绿茶杯的吸管上，吸得吱吱作响。

他抱着手风琴，不说话，也不肯让开。我把话又重复了一遍，他仍是沉默。于是，我终于爆发了，将一整杯的绿茶水都泼在他的手风琴上，一脸平和地看着他手忙脚乱。他抱着手风琴一面朝操场上走，一面恨恨地说，你真是个泼妇，这秋千是你们家的吗?

我说，对，这秋千就是我们家的，是我和顾小安的。他不说话了，我以为，他是让顾小安的大名给吓到了，毕竟，顾小安曾是一个多么潇洒飘逸的风琴手啊。学校里，一定有很多人仰慕他的才华，亦有很多女生追求过他，只是他从来不告诉我，怕我生气罢了。

十六岁秋

那个不知名的男生又坐在秋千上拉琴了，我慢慢地走过去，出神地看着他。他身穿一件素白的叠领条纹衬衫，怀抱一架古旧的手风琴，迎风拉得呜呜作响。这样的画面，好熟悉，好熟悉，好熟悉，仿佛在哪儿见过。

他见到是我之后，惊慌地站起身来。我说，你坐吧，我今天不为难你。他悻悻地坐下，抱着风琴。我问，你会拉《十七岁的雨季》吗？他摇摇头。我说，那么难的曲子，以你的智商，我早想到不会，你还是去帮我买杯绿茶吧。

他搁下手风琴，从我手里接过三个光亮的硬币，片刻后，呼哧呼哧地端着一杯绿茶站到了我面前。我躺在秋千上，恍然看到了顾小安的影子。

我把绿茶杯喝到见底，扯住青绿的细线，将茶包塞到嘴里，猛烈地吸。他在一旁诧异地看着我，不言不语。我说，你该叫我停下，对我说，要是你喜欢，我以后还给你买。

他怔怔地看着我，仍旧没说话，我的眼泪却大颗大颗地掉了下来。他穿得再像顾小安，也始终不是那个懂得心疼我的顾小安。

而此刻，顾小安在做什么呢？我在这个秋千上又长了半岁，还是没能等到顾小安的来信。其实，我想要的，只是一个关于顾小安的地址。我想告诉他，我快要成为女人了。因为，穿上旧日的连衣裙时，我发现自己已经开始有了玲珑的曲线。

次日，我接到了顾小安的来信，洋洋洒洒数千字，像一个有趣的短篇小说。看完信后，我将顾小安的地址记在了心里。

午后，我买了碳素笔，坐在旧日顾小安拉琴的台阶上给他写信。当初他送我的那一大包信纸邮票终于派上了用场，信中，我略带矜持地对顾小安说，我快要变成女人了。

信件投递出去之后，我开始日日幻想，顾小安接到这封信件时的表情，是惊喜、讶异，还是不安？虽然，那是我们的约定，可谁知道，顾小安会不会改变主意。

我能去秋千上玩的时间越来越少，因为老师布置了许多做也做不完的习题，我开始习惯用顾小安的信纸打草稿。这样，就会觉得自己离他很近很近。

写下第一篇日记的时候，我开始有些讨厌自己。因为我数来数去，发现日记里出现的最多的名字，就是顾小安。兴许，我真喜欢上了他，不过，那又有什么关系呢？反正，我是要长大的，要成为亭亭玉立的女人的。到那时，顾小安一定会大张旗鼓地当众向我示爱，那么，我就可以牵着他颀长的手，与他一起走到白头。

十七岁

我跟顾小安说，我已经不再想你了。因为，我长大了。

写下这句话的时候，我的眼泪簌簌地流了下来。因为我实在想不明白，为何顾小安再不给我回信了。难道，是因为那个久远的承诺？抑或，他根本不曾喜欢过我？可不管怎样，我总得为自己保持住仅剩的自尊。

我把顾小安给我买的信封邮票信纸，一同挂号邮给了他。我说，顾小安，我长成女人了，不过，我跟另外一个帅气的男生谈恋爱了。他每天都会给我买绿茶杯，我再不用可怜地吸茶包了。他也会拉手风琴，尤其是那首《十七岁的雨季》。请你，祝福我们吧。

其实，我对顾小安说这些谎言，只是想激怒他，告诉他，如果他再不做出任何表态，他将要永远地失去已经长成女人的林晓菲了。很可惜，顾小安把我给忘了。

哭了整整一夜后，我发誓，一定要考上北京最好的大学，找一个比顾小安更懂得心疼我的男孩做男朋友。到时候，牵着他的手，到顾小安所在的地址漫游。

十七岁夏

分数线刚下，顾小安便邮来了信件，又是洋洋洒洒几千字。他说，林晓菲，你忘了你说过的话，你是个不讲信用的小人。我之所以没有给你回信，那是因为我母亲已经发现我喜欢上你，想尽一切办法不让我给你回信。她说，除非我能考上大学，才能和你联系。

看着顾小安慌乱的笔迹，我似乎能想象出他在写这封信时的万般焦急。只是可惜，十七岁的我，已经没有了对顾小安的眷恋。即便，曾有那么多那么多的回忆支撑着我和他的青春，可是，我也不得不说，那已经是很久很久以前的事了。

坐在破旧的秋千上，我终于有勇气为自己买了一杯冰凉的薄荷水。那暖人心扉的绿，在碎裂的阳光下，像流水一样来回跳动。

我跟顾小安说，几十个日夜之前，在秋千上，有一个傻傻的女孩儿整日整日地端着一杯绿茶等你回信，等你告诉他，你当初说的那些话，并不是骗她；等你心疼地说，要是你喜欢喝，以后我还给你买……

可是，不论怎样的时光都无法回去。譬如，那个女孩儿在等信时的无助和绝望；譬如，她已经无可避免地长成了女人。

有些事儿，我们必然要去经历。

填报志愿之时，我再没了当初的怨恨和希冀。从始至终，我都没有向往过北京。之所以那样想，那样深刻地铭记，无非是要对自己的懵懂做一次深刻的证明。

握着那支曾给顾小安写信的碳素笔，我一口气填下了三所邻省高校的代码。窗外，那个不知名的男孩儿，又坐在秋千上拉起了手风琴。迎着风，呜呜的，我隐约听出，那首歌的名字，叫作《十七岁的雨季》。

载于《中学生博览》

十七岁那年的雨季，我们有共同的期许，也曾经紧紧拥抱在一起……

少女夏洛洛的轶闻囧事

文/琼雨海

要紧的事情是别浪费你的青春和元气。

——契诃夫

撩起裙子跑步的猪八戒小姐

清晨第一缕阳光，照进了窗子里，夏洛洛一骨碌爬了起来。今天，要早早地到校，新来的语文老师第一天给他们上课，她这个语文课代表可得好好表现。

可是，今天老爸老妈都有事，早早地就去上班了，没人去送她，要是坐公交车去的话，中途要换一次车，还要等车，到了学校也就不早了。夏洛洛拿出自己的小猪存钱罐，咬了咬牙，跺了跺脚干脆腐败一次，打车去得了。

夏洛洛急急忙忙地下了出租车就要往校门口冲，情急之下发现手机好像落在出租车上了。于是，夏洛洛赶忙撩起裙子一边跑一边喊："师傅，等等……"追出一百多米远之后，司机终于停下车来，夏洛洛累得喘着粗气，双手不由得扶住膝盖休息。咦？手机不就在手里呀。

司机师傅打开车门，问怎么了？不知道是不是因为跑步的原因，夏洛洛一脸尴尬地站在那里，红扑扑的脸涨得像秋日的柿子。夏洛洛的脑子迅速运转，还是找不出解释的理由，情急之下，她吞吞吐吐地说："我……我……想告诉你开车……要注意安全……"司机师傅瞬间石化。

徐微微就站在马路边上，这一切正好看得清清楚楚，此时此刻她早已经笑得直不起腰来了。快走到教室了，徐微微还捂着肚子笑着说："师父，等等……怎么就有撩起裙子跑步的猪八戒小姐呢？真是超级无敌啊！笑死我了……"

夏洛洛挥着拳头，瞪着眼睛，一本正经地说："死丫头，今早上的事不准说出去！要不然要你好看！"

徐微微好一会儿才忍住笑，无辜地说："今早上的事也不一定光我一个人看到啊。"

"你们好！"夏洛洛和徐微微被这一声问好吓了一跳，她们这才发现教室门口站着一个阳光型的大男孩。难道是刚转来的同学？这年龄看起来也大了一点吧，难道？不会吧！

"我是你们的新语文老师，复姓欧阳。"说着他伸出了右手，那么修长的手，夏洛洛还是第一次见，夏洛洛猜想这双手一定会弹钢琴。欧阳老师又晃动了一下右手，夏洛洛和徐微微才恍然醒悟，抢着去和老师握手。

这时候，欧阳老师竟也红着脸说："第一天上班，有些激动，起早了，到教室一看一个人也没有。"其实，这两个女生又何尝不是呢？

欧阳老师向办公室走去，末了，突然转过身来说："对了，撩着裙子跑步的猪八戒是怎么回事？"说完，他诡秘地一笑，不待解释就走了。

夏洛洛直喊："惨了，惨了……"难道刚才那一幕欧阳老师也都看到了？这可是和帅哥老师的初次见面啊，这印象留得可真够深的了。

留下牙印的林妹妹

夏洛洛知道徐微微也是喜欢欧阳老师的，这样一个大帅哥，她们以为只是一个花架子，肯定是个偶像派，没想到欧阳老师的第一节课就让她们震撼了。本来是一节枯燥无聊的古诗欣赏课，欧阳老师从诗人趣闻讲开去，不知不觉再引到古诗上来，每个同学都听得入了迷，这偶像+实力派简直不是盖的。

从此，班上的同学最期待的就是欧阳老师的课，尤其是女生，这样养眼又润心的课谁不喜欢呢？徐微微简直就成了花痴，每次和夏洛洛谈起欧阳老师，一说就是一个小时都不带累的。他的每一句话，每一个动作她都记在了心里。

夏洛洛则不然，她也喜欢欧阳老师，但是她从来不愿意那么直白地表现出来，她觉得老师一定喜欢沉稳、有内涵的女孩。她这点小心思，就连徐微微也没有告诉。徐微微常常扯着嗓子大喊："夏洛洛，你生病了吗？最近怎么像变了一个人，像林妹妹一样了。"夏洛洛只是抿着嘴，说："哪有？"心里小小的得意却像一片涟漪荡漾开去。

可是，往往事与愿违。这天体育课后，夏洛洛渴得要命，她不管不顾地就向教室跑。突然，一不明物体迎面而来，撞得夏洛洛龇牙咧嘴，夏洛洛骂道："你没长眼睛吗？"那人赶紧道歉，夏洛洛这才看清竟然是欧阳老师，她的脸顿时像晚霞一样瞬间变得绯红。

半晌，夏洛洛才回过神来，捂着自己的嘴巴，牙齿都好像有些松动呢。这时，她看到欧阳老师的胳膊上竟有两个牙印，夏洛洛更囧了。原形毕露了吧？欧阳老师一定不喜欢自己了。不过，这次事件后，欧阳老师一定会记住她了，想到这些，这两颗牙的牺牲还是值得的。

欧阳老师的超级小跟班

这天的晚自习，欧阳老师是踏着铃声进教室的，他刚打完篮球，大汗淋漓地说："那个、那个……谁，帮我把什么拿来吧。"全班同学都傻愣在那里，只有夏洛洛明白了他的意思。一溜烟跑到办公室，把全班同学的语文作业本放到了讲桌上，欧阳老师说："谢谢。"

这一事件后，直接影响了夏洛洛在班级的地位，大家一致认为语文课代表夏洛洛简直就是欧阳老师的超级小跟班。尤其是女生对于夏洛洛竟能如此猜中欧阳老师的心意表现得更为愤慨，吓得夏洛洛好几天都不敢上办公室交作业，每次收齐了之后，就交给徐微微到办公室去交。

徐微微是非常乐意接受这份差事的。但是，夏洛洛每次收作业都不顺利，有时候女生们会故意找不到作业，要让她站在那里等老半天才慢吞吞地从抽屉洞里抽出本子，所以她们班的作业总是交得很晚。有一次徐微微交作业回来后阴着脸说，作业收得这么晚，欧阳老师都不高兴了。

其实，夏洛洛这段时间更为烦恼，大家只看到了她和欧阳老师之间的默契，却没有听到欧阳老师连她的名字都没喊出来过呢。

放学后，夏洛洛来到学校旁边的小公园，她坐在石凳上双手托腮，望着一池湖水，眼睛也宛若清涟的湖水，纯洁清逸。夏洛洛回想着最近积攒的这些小烦恼，不由得叹了口气。

徐微微走过来拍了一下夏洛洛的肩膀说："正值年少，哪个少女不曾懵懂？哪个少年不曾起涟漪？哪个脑袋不曾抽过筋？哪个……”念着念着，她自己都笑得直不起腰来，夏洛洛白了她一眼，“你是来安慰我的，还是来取笑我的啊？”

徐微微只好强忍住笑，陪夏洛洛一起坐着。她们俩不再说话，就这样一直坐着，静静地看着夕阳残留的余晖，在青春韶华的年纪，各自想着各自的心事。

载于《初中生学习》

无论我如何去追索，年轻的你只如云烟掠过，而你微笑的面容极浅极浅，逐渐隐没在日落后的群岚里。遂翻开那发黄的扉页，命运将它装订得如此拙劣。含着泪，我一读再读，却不得不承认，青春是本太仓促的书。

第三辑

为你流泪的女子

我只是个寻常男子，面容一般，工作平凡，这一生中，有几个女子能如她一般，为我洒下那般动情的泪水？只怕再也没有了。一个男人，一生中，只要有一个女子，这样地为你流泪，此生便已足矣。

路过你人生的朋友

文/王晓宇

海内存知己，天涯若比邻。

——王勃

在漫长的一生中，每个人都会有一些路过你人生的朋友，这样的朋友不是一个两个，而是很多。有的朋友会在你的人生中出现过一两次、三五次，有的朋友甚至只出现过一次，然后就杳如黄鹤，再无踪迹可寻。

闲暇时，打开手机，逐一梳理，会发现一大堆的名字躺在手机通讯录里，有些名字不仅不熟悉，而且很眼生，甚至从来没有联系，没有通过话。那些名字上仿佛落满时光的尘埃，长满了青苔，或者已经有了霉味。

怎么想都想不起来，根本不记得是在哪一张餐桌上遇到，然后加进通讯录；根本不记得是在哪一次聚会中加为好友，然后再也没有联系过；根本不记得是在哪一次旅行中邂逅，然后混入到你的朋友圈里……

有时候，也会爬上QQ，一个一个名字看，有实名有网名，有真名有假名，熙熙攘攘，热闹非凡，有上千人之多，可常联系的就那么几个。其他的名字，有的知道是谁，有的大部分根本不知道是哪一位。

那些名字隐居在网络的背后，像一双双偷窥的眼睛，安静地沉默着，头像永远灰着，暗着。那些所谓的朋友，也许某次加上时说过一两句话，也许从来没有说过什么话。只因偶一冲动或机缘凑巧，加为好友之后，或者被删除，或者根本懒得删除，任其那么一直暗着。

每个人都会有一些路过你人生的朋友，多与少而已，也许是为了某种目的某种利益而来．但大多数都是因为机缘巧合。偶然遇到了，偶然认识了，偶然成了朋友，然后就那么安静地躺在你的通讯录里。留在岁月深处，再无来往，再无交错，成为陌生的朋友，成为一次性的朋友。

某次，偶然碰到在某处遇到过的一个朋友，大家都叫不上彼此的名字，却指着彼此哈哈大笑，你不是那个谁谁谁吗？你最近在忙什么？在哪儿发财啊？怎么老也不见你？把大家都忘了吧？

其实也真的就是那个谁谁谁，因为根本记不住名字，却装得很熟络的样子，转过身走出去很远，却怎么想都想不起，那人到底是谁啊？想想不由得笑了，可真能装啊！

这就是一次性朋友，这就是中国式的应酬，不管嘴上说得多么热闹，多么热情似火，内心里其实依然保持着冷静与理性。

钱钟书先生在《论朋友》里说：“假使恋爱是人生的必需，那么，友谊只能算是一种奢侈。”可见古人说得不错，千金易求，一友难得，友情是一种很奢侈的感情，所以人这一辈子，真正的朋友并不在多，有三五个，足矣。

钱钟书先生百读不厌的是黄山谷的《茶词》：“恰如灯下故人，万里归来对影；口不能言，心下快活自省。”那种心里明白，嘴里说不出来的好，只能意会不能言传的才是真朋友。

钱钟书先生推崇“素交”，他说：“素交更能表出友谊的骨髓。一个‘素’字把纯洁真朴的交情的本体形容尽致。素是一切颜色的基础，同时也是一切颜色的调和，像白日包含着七色。真正的交情，看来像素淡，却自有超越死生的厚谊。假使交谊不淡而腻，那就是恋爱或者柏拉图式的友情了。”

所谓的“素”，在我理解，其实就是远离功利，远离某种刻意，远离某种用心，才能称其为真正的朋友。一个“素”字，清、淡、雅、韵，却包含着其中的精髓。

不为功利而来，不为目的而来，只为懂得而来，只为那份相惜而来。没有肉的香，没有鱼的鲜，没有山珍海味，没有美味珍馐，像素的底色上开出的一朵小花，像白雪世界、傲雪红梅，雪的冷与梅的香相互映衬，愈发清凛美好。

君子之交，当以素交为上。

载于《读者》

有些人来了，然后又消失，没有索取，亦没有留下什么。朋友之间的对话，就该是这样沉默，似乎不用说，可是都懂得。

时光没有告诉我

文/程　琳

真正的好朋友，应该在你得意的时候，只有邀请才来；在你失意的时候，会不请自来。

——伯纳尔

做冰山女的同桌

“喂，那个……年段第一，你给我补习吧！”江灿在楼道里堵住了朱杉，帅气一笑。

“你——叫我？”朱杉微微一怔，她什么时候改名叫“年段第一”了？

“是啊！你不就是整个高一都考了年段第一的朱杉吗？”江灿点点头，接着笑说，“对了，先自我介绍一下，我是——”

朱杉却打断了他：“我知道，你是江灿。”全校闻名的“校草”江灿，长相不错，顽劣事迹不少，朱杉就是再两耳不闻窗外事也是知道的，更何况他们还是同班同学。

江灿立即夸张地拍掌一笑：“你知道我？那这事就说好了？”

“这……”她皱眉，不知道在犹豫什么。

“别犹豫啦！我数学不行，拖成绩后腿，家里人想让我去上补习班呢！我想肥水不流外人田，那么贵的补习费与其给别人赚了，不如给你赚啊！”江灿以为她是动心了，就急着加了一把柴火。

谁知道，朱杉似乎是炮仗属性，点火就爆了，怒道：“我不需要同情和施舍，别再来烦我了！”

“哎——”看着她负气而去的背影，江灿狠狠拍了拍自己的脑门，“江灿啊江灿！关键时候你怎么犯傻了?！你不知道人家女孩子会很敏感的吗?！特别是钱这种事情！”

因为朱杉是班里四个补助生之一，据说原本是孤儿院里的孩子，后来被人领养走。但不凑巧的是，养父很快生了恶疾，治病花光了积蓄也没能捡回一条命来，从此家里就一贫如洗了。

向来一肚子鬼主意的江灿很快贼贼一笑，说道：“既然她不需要同情，那只好让她同情一下我了！”

于是一周之后，江灿准时出现在了朱杉放学后的必经之路上，就坐在一旁的台阶上，拿着一张用红笔写着大大的五十五的数学卷子，哭得悲痛欲绝。俗话说，男儿有泪不轻弹，朱杉应该会母性大发，可怜可怜他这个学渣吧?

但是，朱杉仅仅在听到哭声的时候，转头看了江灿两秒钟，就抬脚离开了。江灿只得灰溜溜地站起来，把用来招眼泪的大蒜放进口袋里，擦了擦眼睛，就背上书包回家了。

第二天，江灿把那张卷子递给了同桌：“谢谢了。”

“不谢！你真奇怪，怎么不借比你分数高的卷子订正?”同桌随口说了句，收起卷子。

“我倒是想请教一下年段第一呢……”江灿讪讪地说。

同桌拍了拍他的肩膀：“别想了，她可是个冰山女，生人勿进。”

但奇迹就在当天下午发生了，班主任李老师竟然安排朱杉和江灿做同桌，让朱杉帮助他提高学习成绩。于是在众人惊讶的目光下，江灿成为了朱杉的同桌。后来江灿去问过班主任，为什么会突然决定这样做，班主任告诉他，是朱杉主动要求的。江灿就知道朱杉表面上不说，却放在心上决定帮他了，她果然，一点没变啊……

朱杉是个别扭的好女孩

关于江灿当了朱杉同桌这件事，很多同学都私下猜测能持续多久。之所以会这样，是因为之前每个做过朱杉同桌的人都说她实在太“闷葫芦”了，一天说不上两三句话，无法忍受只能申请换座位。

再加上朱杉向来孤僻，冷冷淡淡的，也不太合群，久而久之，她身边的位置就彻底空了出来。

“谢谢你啊！”江灿趁着课间对朱杉挠头说道，“还有上次，上次我不是故意那么说的……我嘴比较笨！”

“我知道。”朱杉的目光没有离开桌上的书本，只是点了点头，“没关系。”

虽然是“三字经回答法”，但江灿丝毫不气馁，使出了浑身解数和她搭讪：“我真的很佩服你啊！居然一直都是年段第一。你都做什么习题集啊？数学到底要怎么学啊？女生学这个很不容易吧？还有——”

朱杉无力地叹了一口气，抬起头来，缓缓说：“一个一个问吧。”

终于吸引了她的注意力，江灿露出一个胜利的笑容。尽管朱杉的回答依旧简单，甚至只有摇头和点头，但不得不说，这种交流已经是一个天大的突破了。他这个人见人爱的校草，多少女生对着他花痴啊！怎么可能久攻不下呢?

“哎呀，这道题怎么这么难，可恶!”自习课的时候，江灿对着一道数学题抓耳挠腮。

朱杉很明显听到了，却连眼皮都没抬一下，继续奋笔疾书。江灿又接连抱怨了几句，希望她能主动和自己说一句“我帮你看看吧”。然而，直到下课，她收拾书包离开，江灿都没等到这句话。

“还是没进展啊……”江灿沮丧地收拾着桌面，却突然发现了一个没见过的本子，“这是?”

翻开本子，从第一页到第三页，写的满满都是关于那道题目的解答，步骤很详细，钢笔的墨水还没有干透。他急忙拿着本子追出去，却发现走廊上已经没有了朱杉的身影。

“就说嘛，我江大校草出马，死缠烂打之下，还有化不了的冰山?”

于是那天之后，江灿就开始经常“不经意”地抱怨几句。

“这卷子上的错题不知道怎么订正……”

一节课后，桌面上就会留下一张朱杉的卷子；

“昨天上课睡着了，没记笔记怎么办……”

话说完的下午，课本里就出现了朱杉清秀的字迹；

“哎呦，今天打篮球脚扭了，等会儿放学下不了楼梯了……”

于是这日的朱杉没有像往常一样匆匆离开，而是一声不响地等江灿一起走，就扶着他下了楼梯。

诸如此类的小变化和小细节几乎每天都会发生，有时候江灿会忍不住发笑，原来长大后的朱杉是个别扭的好女孩啊！

时光没有告诉我

时间过得很快，两人开始了各自的寒假生活，暂时没了交集。

“小灿啊！过来一下，你带一下这个新人——”

“经理，我来了！”江灿急忙把餐盘收拾好，进了工作间后却愣住了。

因为这个新人不是别人，正是朱杉。

朱杉见到江灿一身服务员的工作服后，脸色也不好：“经理，您去忙吧，我先‘请教’他一会儿。”

经理走后，朱杉就直接问道：“你不好好念书补课，来打工干嘛？”

“勤工俭学嘛——”江灿打哈哈地说道，“你不是也一样吗?!”

“你知道在高中里勤工俭学代表着什么吗？如果没有必要，谁会愿意在学习上分心？”朱杉并不打算放过他，“对我说实话！”

江灿心想，这大概是朱杉和他说话以来，主动说的最长的一次了。如果不是来揭穿他的，那就更好了。

“好吧。”江灿摸了摸鼻子，“我没有家人，我之前是骗你的。我也是个孤儿，一直到长大都没人领养，虽然吃住不愁，但是学费要自己筹集。你们女孩子嘛，更需要补助，关于补助的名额我就不凑热闹了，所以基本没人知道。”

虽然他的神色坦然，并没有不悦，但朱杉听后却不知所措起来：“对、对不起……我不知道……”这么多年，她常常受到恶意的中伤，甚至有时候连她自己都觉得自己是个扫把星，才会让养父……那些或怜悯或鄙夷的目光如跗骨之蛆，时间久了，她只有让自己麻木才能不那么难过。

“孤儿院的院长让我去做过特殊学校的义工，那些自闭症的孩子们虽然有父母，却无法感受亲人的爱意，更无法给亲人感情上的反馈。”江灿难得认真地说，“而我们，尽管不知道自己的父母是谁，但关心我们的人总还是有的。我们感受得到，也能回报他们的感情，还是很幸运的。”

朱杉仿佛受到了很大的触动，一时没有接话。

“也许你后来经历了很多不愉快，但我不希望你最后变得和他们一样，把自己封闭起来。而且在我的记忆里，你小时候可是个霸气的小女王啊！”江灿仿佛想到了十分有趣的事情，笑起来。

朱杉一怔，小时候？她不记得自己认识江灿啊！

“是啊！你真的不记得我了吗？小时候，我是你的小跟屁虫小山啊！我一直记得，如果不是你，我一定被人欺负惨了！”江灿睁大了眼睛。

“你是——怎么会……”朱杉惊讶得说不出话来，接着突然大笑出声，“哈哈哈……”

她这才想起来，她和江灿应该是一个孤儿院的。那时她可是孩子王，有一日，她看一个小男孩被几个高个子的男孩欺负了，就替他打走了他们，从此他就成了自己的小跟班，跟着自己到处“行侠仗义”。因为年纪小，认字认半边，就叫他小山了。她怎会想到，原来那个又矮又瘦又不起眼的小萝卜头，竟然“男大十八变”成了校草！而且还能反过来计划着接近她，开导她！

“江灿，谢谢你，真的！”

那日之后，两人一笑解心结，寒假努力打工，开学后努力学习。朱杉渐渐变回像小时候一样的热情和爽朗，班里同学都愿意来向她请教问题，甚至切磋讨论了。

就这样，高二下学期的期末考试，朱杉仍是第一，江灿竟然破天荒做了一回第二。就像朱杉说的，其实江灿很聪明，只是不上进，只要肯用心，成绩就会很好，两人也一直把这种好状态保持到了高考。

多年之后，江灿打开朱杉毕业时送自己的记事本。最后一页上，她写下了这么一段话：

每个人都是时光这条道路上粗心的旅人，收获良多，失去亦多。然而时光没有告诉我，我在不知不觉中，在它那里遗失了什么。所以，谢谢你告诉我，让我找回本心，学会敞开心扉。希望在未来的生命里，当你有所迷失时，也有人能如此待你。

载于《疯狂阅读》

青春就像一阵浩浩荡荡的风，穿过我单薄的胸膛，是那样的迅疾。错过的已来不及，愿在以后的日子里，这个世界能温柔待你。

为你流泪的女子

文/卓然客

暗恋最伟大的行为是成全。你不爱我，但是我成全你。

——张小娴

那年，我 18 岁。单薄的身子，穿着洁白的衬衣。我什么都没有，唯一拿得出手的只有梦想。有喜欢的女孩子，却一直不敢追。就这样，三年一晃就过去了，当有同学拿着着毕业留言册让我写留言时，我猛然惊觉，毕业了！就像一个戏子，登台亮相，本想拳打脚踢着意卖弄一番，猛一抬头，竟是谢幕了。于是，草草收场。

胡乱地写着留言；和三三两两的同学在脏兮兮的小酒馆里，喝呛人的白酒；给心仪已久的女孩子送一本书，然后响亮地喊一句，不在乎天长地久，只希望曾经拥有……乱，大家都这样乱，我也便乱纷纷地跟随着。

乱着，也热闹着，但是，却没有什么能在心里留下特别的印迹。直到，我踏上归乡的列车。

一大群同学，闹哄哄地说着祝福的话，也有粗俗的男生开着不合时宜的玩笑。我坐在车窗边，向着同学们招手。当列车响亮地鸣了一下汽笛时，忽然，一个叫欣的女生，摆脱拥挤的人群，扑到我的面前。她忧伤地，定定地看着我，然后，眼睛一红，一粒粒清清的泪珠就滚了下来。我十分诧异，不知所措。她张了张嘴，却没说出话来，那泪水一涌，就布满了面颊。就在这时，列车缓缓开动了。她随着奔跑起来，一把抓住了我的手，但是立刻就被飞奔的列车甩开了。

我把头伸出窗外，朝着她挥手，只见她痛苦地弯下腰来，蹲在地上哭泣。有两个女同学拉着她的胳膊，像是在劝说。

那一刹那间，我终于明白了她的心思，内心感动得一塌糊涂。虽然她只是个善良而普通的女孩，但那一刻，我真的愿意陪她到天荒地老、海枯石烂。

我仔细回想过去三年中的点点滴滴，实在找不出与她有什么暧昧的地方。对她的印象，越想越是模糊。只是，真没想到在那个异常传统而守礼的年代，当着那么多同学的面，她会那般的动情！

那是一个通信十分落后的年代，回到家乡，我就照着留言册上的地址给她写信。写了好几封，却一直没有接到她的回信。时间久了，也就只好罢了。

漫漫数十年过去了，我时常会想起她。原来模糊的印象，透过漫长的岁月，竟然越来越清晰。我记起了许多细小的情节：班里开联欢会，她唱的是一曲黄梅调《夫妻双双把家还》，男同学们都使劲地拍手叫好。但是，我一叫好，她就红着脸不唱了；运动会上，她代表班级给我送水，我一仰头，喝了大半瓶，而她一直害羞地低着头；考试时，她偷偷递给我小抄，然后狡黠地朝我打个“V”字手势……

一点一点的，都忆了起来，一点一点的温馨，又是一点一点的忧伤。年少懵懂的心，不知忽略了多少美好的细节，不知辜负了她多少遥遥的注目与默默的温情。我常想，若是能与她携手人生，一定也能成就一段佳话。

我只是个寻常男子，面容一般，工作平凡，这一生中，有几个女子能如她一般，为我洒下那般动情的泪水？只怕再也没有了。

一个男人，一生中，只要有一个女子，这样地为你流泪，此生便已足矣。我何其有幸，拥有了你如此晶莹的泪水。

夜阑人静，明月西悬，我常会对着遥远的南方，默默地想她。虽然已是江长水阔，天各一方，但是，她永远是我心中最真的红颜，最近的知己。

载于《文苑》

那时候女孩子的心思，就像藏在深海里秘密，如果不细心一点是不会发现的。她们小心翼翼却很认真地喜欢一个男生，就像守护着自己的一个梦一样。那时候，真好！

少年错

文/一路开花

十年别泪知多少，不道相逢泪更多。

——徐熥

中考过后，周小勇拿着一本厚厚的同学录来找我，我永远记得那天他泪流满面的模样。我们共同以为，这一次的分开，便是永久的别离。我们会像其他中学里的死党一样，被命运残忍地抛开，在不同的集体里认识不同的人，并结成新的死党。而后，对这一段含泪带笑的回忆置之不理。

我有些哽咽，我没说话，只伸手将同学录翻到最后一页，用黑色的签字笔写下了“友谊长存”四个字。这四个字像一个快要消散的梦，让我们彼此伤感。

天意弄人，两月后，我和周小勇又在同一所学校的男生厕所里狭路相逢了。他的瞳孔无限扩大，面目狰狞，就连嘴巴里那根宝贵的劣质香烟都颤抖得掉落在地。

恼人的上课铃声阻断了我们的高谈阔论，周小勇一面小跑着赶往教室，一面回头嚷嚷着让我放学后等他。放学后，我在校园小卖部的门口手握两根伊利雪糕，神情呆滞地守望着高一部的教学楼。

周小勇仍然是个倒霉蛋，他刚呼哧呼哧地跑出来天上便下起了濛濛小雨。周小勇说，在雨中潇洒漫步吃雪糕的男孩帅呆了。为了追求这个虚无缥缈的“帅”字，我放弃了一切可以骗到伞的机会，陪着身体臃肿的周小勇慢慢地走在雨中的小路上。

事实上，不到五分钟我便和周小勇成为了这世界上最衰的花季男孩。瓢泼大雨不但将我们手中的雪糕一扫而光，还创造了两只一胖一瘦的“马路落汤鸡”。

正当我和他嬉笑着走上铁桥时，忽然从雨中传来了微弱的呼喊“救命”的声音。先前，我们都看过一些以声索命的恐怖故事，因此对于这种情况不约而同地选择了沉默。

呼救声越来越大，那歇斯底里的哭喊，让人闻之心碎。我和周小勇先后停在了铁桥上，凭高四处搜寻着落难者的所在地。

稠密的雨线阻挡了我们的视野，呼救声在雨中变得越发焦急、恐惧和混乱。因雨打江面的缘故，我们实在找不到声音的来源地，只能靠肉眼在有限的范围里迅速搜索。

终于，我看到了那个沉浮在河里的求救者，那是一位身穿蓝色校服的女孩。

她瘦弱的身躯在浑浊的河水中挣扎摇摆，仅露出一副雨泪模糊的面孔。冰凉的河水扑打在她的脸上，将她卷入湍急的河流里。水花过后，她又借着杂树的力量艰难地将头顶出水面，她的双手，始终不肯松开低垂在河岸上的枝干。

周小勇的怒吼使我打了一个冷颤，他紧锁眉头，朝我大喊了一声“救人”后，独自跳入了河中。女孩的双手虽然依旧紧拽枝干，但身体却在一点点向河内偏移。如果树枝断裂的话，她势必会被湍急的河流卷走。这样的故事，我和乐天派的周小勇都听得太多了。

看着周小勇在河中奋力扑游的背影，我始终都没有勇气跳下去。我在想，如果连我也跳下去了，那谁来拯救翻滚在河流中的我们？

事实正如我想象的那样，笨拙的周小勇在此刻的河流中完全不堪一击。他的衣服在浑浊的河面上一起一落，一隐一现。如果我跳下去的话，情况可能会稍好一点，因为我的游泳技术远远胜过周小勇。

大雨中的河流像一条腾跃的长龙，吞噬了紧紧抱在一起的他们。树枝已断，一切恍然成了定局，不容我再有丝毫权衡的余地。

直到树枝最后断裂，周小勇朝我挥手求救的一刻，我都没有勇气纵身一跃。骨子里的懦弱和自私，让我在瞬间恨透了自己。

但事情并不如我想象的那样，一个雨天撒网的农夫在半路拦下了他们。

之后，我去了另外一所学校，而周小勇，再也没来找过我。我们那份“万古长青”的友谊，如同那天救命的树枝一般，在悲绝的呼喊中坠入了奔腾的河流。

岁月一路匆匆呐喊着在我耳旁飞过，此刻的周小勇，早已沦为劳动市场的板车夫。他时常出现在我所居住的小区楼下，帮搬迁的用户驮运家具。每每从窗外看到他，我的眼前都会闪过一条浑浊的河流。我再也没向我的后辈们提过“勇敢”二字。

命运总是将我推到荒唐的剧情中去，我亲眼看着板车上的绳索忽然散开，一个笨重的衣柜顺势滑落，将弯腰行进的周小勇砸倒在地。

背着昏迷的周小勇往医院狂奔的时候，我有种赎罪的坦然。这些年，我只要闭上眼睛，就能看到那天他们两人的双眼。我想，如果时光再给我一次机会的话，不论生死，我都会奋不顾身地跳下河去。

周小勇醒来的时候，到底认出了我，他的原谅在嘴角慢慢扬起。我才说了一句“这些年我过得好苦”，便抱着他布满勒痕的肩膀，嘤嘤地哭了起来。

载于《格言》

年少的我们，勇气跟胸膛一样孱弱而单薄。对不起，在你需要我的时候我竟那般懦弱，可是在以后的日子里，我受尽了良心的谴责。幸好的是，最后我们再次相遇！

我强故我在

文/杨张光

不害怕痛苦的人是坚强的，不害怕死亡的人更坚强。

——迪亚娜夫人

那年，我刚进中学，家里正是水深火热的日子。父亲刚做完手术在住院，为提供那高额的手术费和住院费，母亲当掉了家中所有能换钱的东西，自己也找了份了尽可能挣钱的差事。母亲每天日升就作，日落才息，人一天天消瘦，头发成把成把地花白。那段日子让我感觉：贫穷是如此可怕，可怕得让人无能为力。

很快，难题出现在了我的身上，是否退学成了家人上下打量的算盘，而我也很明白家里的情况，退学与否只听父亲一言。

无论如何，也不能让孩子退学，母亲坚定地给了一个结果，已不再由父亲发话。我退学的难题似乎解围，但母亲的坚定告诉我，这意味着如此辛劳的她更要加倍劳作，只为了扛起这个家的所有。

在学校里，日子对我来说，一切都很干净，捉襟见肘已成了习惯，口袋里的精打细算从早算到晚。在食堂里吃最便宜的饭，几乎不买零食，不喝饮料。那样的生活在当时的自己看来似乎已麻木了，感觉不到什么苦，或许是有着这样简单的心理：有粥的碗总比无米的炊好。

只不过，在同学面前，我一直因没钱而自卑，“小气”似乎成了我的死穴，所有的理直气壮都会败于这一点。于是，我变得不爱同他们说话，不爱参加班上以及学校举办的活动。独来独往已成了我的习惯，利益里头，一切都以不屑带过。

我也有自己觉得骄傲的地方，就是学习成绩好，看过很多书。我一直坚信，没书看比没钱用更难受。因此，还算品学兼优的我在老师眼里多半是微笑与表扬，这也成了我一直能坚持的唯一方法与动力。

那年的“五四”青年节，学校要举行韵律操比赛，以班级为单位，选33名同学集体参加比赛，评选班级优胜奖和优秀个人奖。经过推荐与平日观察，班主任定下了本班33名参赛选手，其中有我，而且是领队，并规定参赛选手上身穿白色衬衫，下身穿蓝色运动裤，没有的借或买。

蓝色的运动裤我有好几条，但没有白色的衬衫，只有半白色的短袖。我一下为难了，上哪去弄白色衬衫？借？同学都在借，肯定分我没份。买？怎么向家里开口？家里早已入不敷出。于是没办法，我有了退出的想法，但一想到老师让自己领队，寄托了好大希望，更不好向老师说退出。当时离比赛还有一个星期，我一直纠结着。

好吧，恭敬不如从命，硬着头皮跟家里说说，如果实在不行也好向老师推辞。

于是我就向正住院的父亲说了，并且提了白衬衫的事儿。父亲也很为难，便不高兴地说：“哪还有钱买什么衣服？用心读你的书，管那些事儿干嘛？”一切似乎没戏，我只能很无奈地离开了，身旁的母亲也有些无助，想搭讪几句，但没有，只看着我走出病房。

回到学校，我依然不知该怎么向老师说。其他同学几乎都买了新的衬衫，而我这个领队还空着，不知如何是好。这让我好几个晚上都难以入睡，就因这件衬衫和我那启齿难言的家庭状况。

离比赛还有两天，我满脸失望地准备向老师推辞道歉，说因为没有白衬衫，那时每想到这里，心里总是酸酸的，不好意思说但又不得不说。

刚下课，突然听说有人找我，正要去老师办公室说明原由的我无精打采地折道去了校门口，却看到了母亲正在那儿等候，我顿时诧异，连忙上前去问。

只见母亲拿出了手中的一个盒子，盒子里面躺着一件雪白的衬衫，像刚买的书一样新。我更加不解，便接着问缘由，母亲告诉我："那天看你失望的样子，我想跟你说给你买这个，但你走得太快了。"

原来，母亲忙完事后去医院看父亲的路上会经过一个商场，有一天晚上她看到了商场里的柜台上摆放着这件精致的白色衬衫，于是就进去问了个价，得知二十六块，好贵。母亲回头正走，又转过身去向老板商量，要求帮老板干些活儿，好让老板将这件衣服卖给她。

正好那老板缺推货手，但看到母亲一妇道人家，又上了些年纪，不太放心，最初没有答应。母亲却抢着说了些好话，让老板开面，说这件衣服对她很重要，请老板放心，这个活儿她能干，并答应在那干半个月。老板在犹豫中答应了，于是这个像书一样的盒子就到手了，而现在母亲还要去商场工作十天。

母亲笑着说出事情的缘由，而那时的我不禁眼涩涩地哭了出来，第一次感觉到有一种泪叫作忍不住。母亲见状，递过手中的衬衫，依然笑着："没事，没事……快，拿去，我要回家了。"我接过盒子，用另一只手擦拭眼泪。母亲上前抱住了我，用粗硬的手拍了拍我的头，眼开始红了，有了泪花。

我有些急了，推开母亲，问是哪家商场，咱退了它，让母亲不再去干活了。母亲怎么说也不肯，我哭着，大声说道："妈，没有这件衬衫，我依然可以挺直腰杆。"

母亲也哭了，一把将我搂在怀里，那一刻我感觉自己长大了，真的长大了……

那场比赛，我穿着自己半白色的短袖上了阵，作为领队人，我别具一格，在阵营前头，独领风骚。我认真地带队进场、表演、退场，将每一个动作做好，将每一个口令喊得嘹亮。所有的姿态在抑扬的音韵下整齐地挥动着，整个队伍像一面红旗一样随风轻舞，而其中的亮点就是我。

比赛下来，我的领头指挥与半白短袖成了一个得分的亮点，独到、新奇、有创意。我们班得了优胜班级奖，而我也获得了优秀个人奖。领奖时，我又一次哭了，我高举着锦旗，用力地挥舞，仿佛向母亲挥着手，心里还念着：妈，我很棒，我是你们的骄傲……

从那以后我明白：能挺直腰杆的不是衣服，而是自己的脊梁。我也真正知道，贫穷并不可怕，可怕的是以贫穷的心来看待贫穷。在那个勒紧腰带的日子里，奋斗成了我的主题词，我更用功地学习着，更努力地看着书，坚强地一次又一次地刷新自己自信的记录。那时的我感觉，不管经历日复一日怎样的痛苦，只要隔一段时间，在一丝进步中，感受一点小小的成就感便足矣。

我想，带着亲人的牵挂，我会带着永远"自信"的字眼一直走下去，并坚信：我强故我在。这就是我的路。

载于《文苑》

贫穷的从来不是物质，而是精神，懦弱跟勇敢，也是这样区分出来的。每个人都有自己的责任，勇敢扛起责任，你就赢了。

怀念高中岁月

文/冠　豸

青春时代是一个短暂的美梦，当你醒来时，就早已消失得无影无踪了。

——莎士比亚

一

舍友把秦川的信递交给我时，我正一个人昏天暗地躲在宿舍里玩《三国杀》。

这个陌生的南方小城，初来乍到我就先生了一场病。这里不是我想来的城市，这所学校也不是我理想中的大学，我没有脱离高中初入大学的喜悦。

我的高考成绩还算正常，上了一本线，还多了7分，但报志愿时，却和父母发生了强烈的冲突。父母不让我报自己喜欢的动漫专业，他们希望我学医。我对学医一点兴趣都没有，但父母根本听不进去。一赌气，我就随便报了几所我的成绩难以企及的但名字很响亮的学校，最后却被调分配到这里来了，而且依旧没有念上自己喜欢的专业。

我感觉自己被命运玩弄了。我喜欢的城市，我向往的大学，我热爱的专业，无一能够实现，于是我“破罐子破摔”，成天沉溺于网络游戏中虚度时光。

二

秦川的成绩原本和我不相上下，但高考时，他发挥出色，足足比我多考了26分，虽然也没上重点线，但一本院校能选择的范围比我大。最重要的是，他的父母尊重他的选择，他想报什么大学、专业，都由他本人选择。

高考前，我们约好一起考北京的大学，那时候，我们怀揣梦想，斗志昂扬。虽然高考前的生活如炼狱一般，但有梦想支撑，我们无怨无悔。

我和秦川是同桌，更是同一宿舍上下铺的好兄弟。秦川的家在农村，他当时能考上我们市最好的高中，全家人都很高兴。特别是秦川的父亲，那个当了一辈子煤矿工人的男子，他捧着秦川的高中录取通知书泪流满面。这些都是听秦川说的，他当时还说："就算是为了父亲，我也要好好读书。看着父亲流泪的眼，我真的很心疼，我希望他开心，希望他能够以我为荣……"秦川对我说这话时，眼眶中噙着泪，声音哽咽。

他的真挚感染了我。我喜欢他的真诚和坦率，跟他在一起永远没有压力，而且秦川还很会唱歌，模仿阿杜的声音特别像。

我和秦川都很努力，但在这所省重点高中里，强手如云，我们的成绩都只能排在中等，但在那三年里，我们一直卯足劲儿努力学习。就像班主任说的，不到高考成绩揭晓的那一刻，一切都是未知数，最后能胜出的，必定是那些有恒心和毅力的同学。

我和秦川一直把班主任的话奉为信条，我们都知道自己不是最优秀的，但希望自己是那个最有恒心和毅力的，高考我们志在必得。

学习累了，我就会想放松自己，但每每看见秦川还在努力时，我就又会捧起书本继续看书或是拾起笔努力演算那些复杂的方程式。只有每天晚饭后的一段闲暇时间里，我们才会爬上教学楼顶层，迎风高唱那些我们热爱的歌谣，让紧绷的神经松驰下来。

我们都有自己的梦想，为梦想努力前行，痛并且快乐着。

三

升高二时，文理分科，班上的大部分女生都选择了文科，而男生却是一窝蜂地选择了理科。其实秦川原想选择文科，他的作文写得好，但英语又是他的弱项。左思右想，他最终决定选理科，虽然他的化学糟糕得一塌糊涂，但我的化学不错，承诺会帮他补缺补漏。

我的各科成绩比较均衡，无论学文学理对我来说都一样。让我们意想不到的是，高二分科，学生重新分班，我和秦川不仅是同班，而且还继续同桌。我们学着相声里说的“缘分哪”！击掌相庆。

高中三年，我们同班，同桌，还是同宿舍，上下铺的关系，因为这些，我和秦川成了形影不离的好朋友。当然，关系再好，也会因为意见相左而产生分歧和争执。但秦川很大器，他心胸比我宽，每次都是他主动和好，而且从不让争执隔夜，有什么事情都是当天搞定。他说：“朋友间最怕误会，事情说清楚就好了。”

我以前老爱懒床，不拖到上课铃响都舍不得起床。和秦川上下铺三年，他就像上了发条的闹钟，早上六点准时起床，顺带也把我从被窝里拽起来，拖着睡眼惺忪的我一起到操场上跑步。

刚开始时，我就闭着眼，紧跟着他的脚步声往前跑，那个时刻里，我是能多眯上一会眼也觉得幸福。秦川笑话我是“睡不醒的猪”，我照单全收。

记得有一次，秦川家里有急事，请了半天假，晚上不在宿舍睡，第二天早上，其他同学去教室时也没叫我，我居然一觉睡到大中午，等秦川回学校时我才被他叫醒。因为那事，我和宿舍的同学吵了起来，但他们都说我活该。我原来觉得自己人缘不错，但经过那次的事情后，我明白，在这个宿舍里，我只有秦川一个朋友。

重点高中里，竞争厉害，大家都互相提防，明明奋笔疾书写作业到关灯了还点着蜡烛用功，去到教室又假惺惺地说自己昨晚早早就上床睡觉了，作业也不想做。我想不明白，这样睁眼说瞎话有什么意义？用功学习丢人吗？

特别是宿舍里一个叫“大壮”的同学，那努力程度都快达到“废寝忘食”的地步了，还总喜欢说自己从来不用功读书，告诉别人什么游戏最好玩，什么 QQ 群有很多女生让别人加入。

这种人我最反感了，蛊惑别人去玩，而自己抓紧时间学习，以为这样就能把别人超越。明明会的题，他也不愿意教别人，还总是询问别人这样那样的难题。我一眼就看穿了那些人的“虚伪”面孔，不就是怕别人赢吗。我后来告诉秦川，对别人不需要那么热情，因为人人都自私。面对高考，彼此都是竞争对手。

“参加高考的人那么多，又不只有我们学校，有必要吗？”

秦川说。我笑笑，不想和他争辩。我和秦川是互相帮助的，我们取长补短，互相学习。

大家都在努力，谁也不会拿自己的高考开玩笑，选择上高中，就是希望能够考上一所好大学。我原来上了几年的动漫兴趣班，但上了高中后，这个爱好就中止了，我想等考上大学后再继续。我明白，真喜欢一样东西，不在于一朝一夕，目前的关键就是考上一所自己想去的大学，学自己喜欢的专业，这样就圆满了。

四

高考结束后，我们班开毕业典礼。那次活动可以说是一次真情流露的时刻，毕竟高考了，毕业了，以后大家各分东西，想在一起也不是那么容易。人生很多时候就是这样，只有临到分手才想要珍惜。

等分数出来的那些天，我天天和秦川在一起，我们一群同学邀着去东家逛西家，好不热闹。但分数一公布，情况就变了。考得好的，欢呼雀跃，呼朋引伴；考得差的，就躲在家里，不愿意见人了。

我的情况不好不坏，但一想到秦川比我高了那么多分，心里就不是滋味。这家伙考完试时，还口口声声对我说考得不理想。那段日子，于我是一种煎熬，报志愿也不如意，和父母产生了冲突。

秦川来找过我，但我躲在房间里不愿意见他，我谁也不想见，心情烦乱。但心底里我又想见到秦川，和他说话，可我固执地认为他对我不够坦诚。我总是把自己最真实的情况告诉他，可他却对我留了一手。

随着录取通知书的到来，紧接着就开学了。我在QQ上从其他同学那里了解到，秦川终是报了我们曾经都很向往的北京的大学，报的专业正是他自己喜欢的。不可否认，我很羡慕他，还有一些嫉妒。他顺风顺水，一路开花，而我却惨兮兮的。

五

在新的大学校园里，我一个人也不认识，身旁再也没有秦川，我们之间的缘分到头了。只是很多时候，走在校园小径上，我莫名地就会想起秦川，想如果我们现在还在一起那该多好。

这座空气里总是充溢着潮湿气流的南方小城不是我想来的地方，这里没有长城，没有故宫，更没有秦川，我们之间已经相隔万水千山。在新的校园里，他一定如鱼得水吧，性格随和的他一定过得快乐无比。

在看秦川寄来的信时，窗外正飘着细雨，迷茫一片。我坐在宿舍的床上，从七楼的高度往下看这个绿荫笼罩的校园，心里感伤暗涌。秦川知道我的手机号码，但他选择了用写信的方式与我交流。

我很感谢秦川，他知道这是我最喜欢的一种方式。我喜欢收信的感觉，看着信纸上熟悉的龙飞凤舞的行书，那种感觉特别真实和温暖。我不怕联系不上他，只怕彼此之间少了以前的默契和真诚。

“找回最初自信满满的你，我喜欢你那样……”秦川在信上对我说。他应该是知道我躲着不见他的原因，所以他才会说“嫉妒好朋友不是你的强项，不要再折磨自己了。开心点，上了大学又是一个新的起点，继续努力！你还有机会去实现你当初的梦想，加油！”

秦川不擅长安慰人，但他的话句句在理，看了，我了然于胸。我才不会轻易认输，大学才开始，不是吗？再努力四年，我一定可以改变现状，我要找回自己——曾经斗志昂扬的自己。只是，谁能够在离开好朋友时，不感伤呢？

载于《情感读本·道德篇》

高中时代似乎是我们人生最重要的一个里程碑，人生观、爱情观、价值观就是在那时才慢慢成型的，爱情也开始懵懵懂懂。当然最重要的是，遇上那些可以好一辈子的朋友，在以后的日子里，永不相欺！

我在晴朗的日子等着你

文/龙岩阿泰

友谊是人生最大的快乐。

——休谟

春季的阴天还是那么冷

天气预报说，未来几天又将有一股冷空气来袭，局部地区还将有雨……

杜晓月听后眉头紧蹙："都春天了，这鬼天气还这么冷，什么时候才能放晴呀？"

杜晓月特别怕阴沉的天气，用她的话来说就是没有暖阳的春天依旧是寒冬。让她更心寒的是今天徐娟娟跟她"针尖对麦芒"，吵得不可开交。

杜晓月和徐娟娟从小一起长大，住在一个家属楼，楼上楼下，天天形影不离，大家都说她们比亲姐妹还亲。

徐娟娟是个柔弱的女孩儿，向来对杜晓月言听计从。小时候，徐娟娟习惯依赖杜晓月，什么事情都是杜晓月说了算，但现在她们都长大了，有了自己的想法，徐娟娟不想永远被人忽视。她们俩在一起时，杜晓月总是口若悬河，徐娟娟就像个跟班一样。所以当班上那几个男生说徐娟娟是杜晓月的贴身丫鬟时，徐娟娟终于下定决心要脱离杜晓月，至少也要和她平起平坐。

吵架的事情其实是完全可以避免的，但徐娟娟听到杜晓月一如从前般用教导的口吻跟她说话时就心生怒气，把一件芝麻绿豆大的小事当成导火索，硬要和杜晓月争个输赢。望着杜晓月疑惑的表情，徐娟娟好像出了口恶气，瞪了一眼愣在一边的杜晓月转身走了。

杜晓月真的呆了，她从来没见过徐娟娟这样。

好姐妹也有“隔夜仇”

第二天早上去学校时，杜晓月刚下楼就看见徐娟娟正推门出来。她以为徐娟娟会和往常一样等她一起去学校，可徐娟娟连眼皮都没抬就急匆匆地走了。

以前去学校，都是徐娟娟骑车载杜晓月。现在她们分道扬镳了，杜晓月眼睁睁看着徐娟娟骑着单车先走了。她又生气又伤心：“小气包，不就吵了一架嘛!”看着远去的徐娟娟，杜晓月也发了狠，绝交就绝交，有什么了不起。

杜晓月一路都在想着这件事，眼中不知不觉涌出两行委屈的泪水。她抬起头看了眼阴沉的天空，真希望天赶紧放晴，这鬼天气她真是受够了。

刚进到教室，杜晓月就看见徐娟娟正和同桌聊得眉飞色舞，气得“噔噔噔”从徐娟娟身边走过，还故意用书包撞了徐娟娟一下。她就是想激怒徐娟娟，她气得要爆炸了，就想找个人吵架。徐娟娟扭头瞟了她一眼，没吭声，杜晓月气得把书包狠狠摔到桌上，吓了同桌周子玲一跳。

“谁惹你了，在这么一个美妙的清晨?”周子玲故意逗杜晓月开心。“一个忘恩负义的人，还说什么好姐妹呢……”杜晓月一边说一边把目光停留在徐娟娟身上。周子玲善解人意地安抚杜晓月说：“好姐妹没有隔夜仇，把事情说清楚不就好了。”“谁和她是好姐妹呀？”一直闷声不吭的徐娟娟突然生气地插进一句。这一下，两个人又吵起来了……

窗外寒风呼啸，平静下来的杜晓月呆呆地望着窗外，心里忧伤泛滥，所有美好都斑驳成凌乱的画面了。

我不是你的影子

热心的周子玲想撮合她们和好，但杜晓月一听到徐娟娟的名字就怒目横眉，周子玲只好去找徐娟娟：“娟娟，你和杜晓月是怎么了？”周子玲开门见山。

徐娟娟不吭声，她看了周子玲一眼，把头垂下了。

“都说你们俩是好姐妹，形影不离的。”周子玲继续劝和。

“我最烦的就是这个，什么形影不离？谁是形？谁是影呀？”徐娟娟赌气地质问。

周子玲反倒窘迫了，一时不知说什么好。这两个人都怎么啦？吃火药了？

徐娟娟看着周子玲尴尬的表情，扭头走开了。她知道周子玲的良苦用心，也知道杜晓月对自己好，可是有谁明白，自己只是不想成为杜晓月的影子，更不喜欢听见别人说她是“杜晓月的丫鬟”这样的话。平等的友谊，就那么难吗？她多么希望杜晓月能尊重她的想法，不要总在她面前摆出一副“大姐大”的架势，让她吃不消，觉得自己比杜晓月矮了三分。

徐娟娟就这样和杜晓月杠上了，两人几个星期都不说话。杜晓月身边少了徐娟娟也像失了魂，她故意找徐娟娟的碴儿，但徐娟娟不接。

“杜晓月，看你整天愁眉不展的，是不是你的贴身丫鬟不再跟随你啦?”一天自习课上，一个男生见杜晓月又对着窗外发呆，开了句玩笑。

杜晓月还没开口，那边徐娟娟却先发火了，她激动地指着那个男生质问他凭什么就说自己是丫鬟。所有人都看呆了，他们没想到柔弱的徐娟娟会对别人这样。骂完了那个多嘴的男生，徐娟娟趴在桌子上“嘤嘤”地哭了起来。

杜晓月愣住了，徐娟娟骂人的气势和那次与她争论时一样，激动而且悲伤。周子玲这次算是看明白了，徐娟娟不喜欢别人说她是杜晓月的影子，更不喜欢别人说她是杜晓月的丫鬟，虽然只是玩笑话，但这种玩笑话对徐娟娟是很深的伤害。

周子玲把自己的想法告诉了杜晓月，杜晓月惊呆了，她从来不知道自己竟在无意中一直伤害着徐娟娟。

未来的日子艳阳高照

这一夜，杜晓月蜷缩在被窝里回忆着自己和徐娟娟的友情，从小到大，点点滴滴，一幕幕如放电影般在脑海中浮现。

一直以来，每次她和徐娟娟起分歧，都是她霸道地做决定，从不考虑徐娟娟的感受。杜晓月想了很久，更加觉得自己确实经常伤害徐娟娟，那份敌对的情绪便悄然隐退了。

第二天一大早，杜晓月起床后给徐娟娟发了一条道歉短信，并让她上学等她一起去学校。杜晓月想明白了，要挽回和徐娟娟的友谊，应该是她主动示好。以前都是徐娟娟让她，这一次，自己也要主动一些。虽然她有些难为情，但面子怎比得上多年的友情呢?

看着窗外初升的太阳，明艳的霞光把天边浸染得一片绚烂，好一个艳阳天啊！天气预报说了，冷空气已过，未来几天都是艳阳高照的日子，杜晓月此时心里也暖暖的。

杜晓月知道冷冷的阴天就要过去了，她马上就能享受到温暖的阳光了。“徐娟娟，阴天过去了，我在春暖花开的晴天等着你。”杜晓月在心里默默地说，脸上绽开了灿烂的笑容。

载于《疯狂阅读》

有些友谊需要维护，有些事情需要说开。青春的路上，哪有那么多谁对谁错呢？友谊才是第一位的。

桌洞里的红苹果

文/龙岩阿泰

人人相亲，人人平等；天下为公，是谓大同。

——康有为

一

到新学校的第一天，同桌魏芸就悄悄告诉我，不要去招惹最后一排那个脸看起来脏兮兮的男生江浩然。在我迟疑时，她又伏在我耳畔低语："他是农民工的孩子，不讲理，我们班的同学都不喜欢他。"

我笑笑，转过头去瞟了一眼，看见一个碎发男生正大声嚷嚷，使劲推搡一个胖男生。可能是感觉到我注视的目光，他也转过头看了我一眼，很随意的一瞥，却满是挑衅。我礼貌地向他报以一个灿烂的笑容时，他却把目光转开了。

可能是因为我从上海来，也可能是我待人友善，班上的同学很喜欢在课间围在我身边，我们谈笑风生。我很感激大家的热情，每天都过得很开心。我也很好奇那个叫江浩然的碎发男生，他的脸确实有点脏，但更让我印象深刻的是他的眼神，那眼神充满了不屑和敌意。

二

几天时间里，我就观察到这个班的同学确实不喜欢江浩然，他们对他视而不见。

江浩然时常制造事端，让大家注意到他的存在。他上课捣乱，和老师顶嘴，课间总是风风火火横冲直撞，动不动就和同学产生摩擦，小至吵嘴，大到动手。

“见识到了吧，他就是这样惹人烦，老师都不知道有多讨厌他。”魏芸又一次在我面前提到江浩然。“他一直都这样吗？”我问。“差不多吧，反正他是农民工的孩子，大家从来都不喜欢他。”魏芸一脸鄙夷地说。

我却对江浩然充满了好奇，这样的男生，他脑子里都在想些什么呢？他不知道父母挣钱的艰辛，还是他知道却根本不在乎？

三

一个周末，路过街边水果摊时，我突然看见了正在整理苹果的江浩然，旁边还有一个中年女子，应该是他妈妈吧。

看见我，江浩然一脸惊愕的表情，还脸红了。看见平日里爱嚷嚷的他脸红的样子，我禁不住笑出了声。“买苹果吗？”可能是我的笑惹恼了他，江浩然低下了头，冷冷地问。“是，我买苹果。你真棒！知道帮家人的忙。”我说的是真心话，但他的脸更红了。

江妈妈热情地招呼我，有点手足无措。可能是她知道江浩然在学校并不受欢迎，突然看见我热情又主动地与他们说话，显得很开心。“你们到旁边聊吧！浩然，好好招待你的同学。”江妈妈说。江浩然这会儿看似缓过劲儿来了，脸上又浮现出往日里的调皮神情：“杜同学，赏个脸到边上聊会儿吧?”我笑着点头。

坐在街道的花坛上，我们东拉西扯地聊了半天。感觉得出来，江浩然很爱说话，性格也特别活泼。可能是长期以来被排斥，年少轻狂的他居然用了一种并不受欢迎的方式引人关注。我能理解他的这种想法，因为年少的我们都希望被人关注。

话语投机，江浩然滔滔不绝说得眉飞色舞，他讲起他遥远的家乡，讲起他初来城市时经历的糗事，逗得我哈哈大笑。我也说了很多当初在上海的趣事，还有我对他的期望。

“你那么棒，一定要选择一种好的方式让大家了解你，真实的、有趣的你，不必用消极的哗众取宠来博得眼球。”我说。

我的真诚，我相信他能感知。

四

回到学校，我发现我的桌洞里居然有一个大大的红苹果。

不用猜都知道是谁放的，我回过头看江浩然时，他正朝我笑。我突然发现，他的脸干净了，而且笑容可掬。

“笑什么呢？这么开心。”魏芸搂着我的肩膀问，但随即她又惊叫起来，“还有苹果呀?”

我微笑不语。

“送我吧，我正饿着。”她一点儿也不客气，抢走了我手里的苹果。

我又回头看江浩然的反应，他耸耸肩，摊开双手，一脸无奈状，我却“扑哧”笑出声。

江浩然的改变很明显，可能他也想明白了我对他说的话。希望被关注没有错，重要的是选择对的方式和方法。友善待人，态度真诚，努力上进，哪一样都可以让人关注和喜欢。

第二天，我的桌洞里又塞了一个红苹果。魏芸看见后，又嚷嚷着想抢，我却紧紧藏在怀里，摇头说：“NO!”“爱心苹果?”她好奇地问。我扬起头对她挤眉弄眼，说：“你猜!”我的余光瞟向后排的江浩然，他正笑得欢。

放学后，我刻意和江浩然一起走。

“谢谢呀！你的红苹果我收下了。不过，有这一个就够了，你的笑容对我来说更重要。我们是好朋友，要一起进步哟!”我高兴地说。

“嗯！我听你的。”江浩然突然温柔得像一只小羊。

看他古怪的表情，我有点受不了了，两人忍了半天，最后同时纵声大笑起来。

载于《中学生》

每个孩子都是天使，不管什么出身，都是平等的。可是我们往往会因为自己的片面观察而轻意下结论，就使对方跟所有人孤立起来。多点关爱和温暖，相信每个人都会成为好朋友。

一个男细菌

文/许冬林

朋友之义，难在“义”字千变万化。

——三毛

正处草莽青春期的中学时代，十几岁，最喜欢作妖作怪，坚决不和男生同桌。

刚上初一，还不知道世上有精子这物种，可是就是不接受与男生小夫妻似的同桌、同写、同读。

好像同坐一条长凳共用一张桌子，男人的气息就会像感冒的细菌和病毒一样，在空气里就近传播，把我们女生传染得生出小孩儿。

拼命搜索记忆，与男生做同桌的时代，大约就是懵懂毫不开化的小学低年级。

即便是文明还没诞生的那样古老年代，那几个同桌，相处起来，还总是疙疙瘩瘩。

男生和女生同桌，永远是秀才遇到兵。

我的第一个男同桌，是个矮子，说话又结巴。老师把我分配给他的时候，我拖着沉重的书包，坐在桌子的另一头，心上一片凋零。好像一朝同桌，我便是终身为妻。

那时胆小，只在心里一味委屈，不敢和老师对抗这样强大的命运，也不敢回家和大人说。

设若貌相不佳，有些歪才也可，可是他都没有。

每次下课，我就匆忙逃离座位，找女同学跳绳。

我多么希望，我的男同桌，他是一个高高瘦瘦的男孩儿，有好聪明的脑袋瓜子。他数学题全都会做，考试总是第一，发卷子时候全班同学的目光都集中扫射我们的桌子。

他还要很幽默，说话动辄把女生逗笑。

他还力气大，有担当，桌子板凳坏了，他来修。开全校大会，他早早一人把板凳扛到大操场上……

他最好还有许多连环画，可以天天借给我看。

我想要这样的一个同桌。多年后，慌忙结婚，成为怨妇，后悔不迭，猛想起当年制定的同桌标准，觉得这尺寸也多么适合找老公。

是啊，老公也要像同桌这样，让我觉得有面子，也有里子。事实是，我的这个同桌，无才也无貌。

夏天午睡，要在学校集体午睡。我睡不着，一翻身扭头，看见他睡得呀，九曲黄河一般。口水从嘴角流到手背，从手背流到桌子，一路蜿蜒地淌……整个地球都被他淹了。

因为总是战战兢兢地保持远距离，我的小屁股只沾到了长凳小小的一角，这是很危险的。

有一回，打了上课铃，都坐好了，他忽然站起来。他一站起，长凳的那一头就马儿扬蹄嘶鸣一般，把我掀翻在地。

羞得我呀小脸立刻成了红太阳，全班的向日葵小脸蛋都齐齐转向了我，哄堂大笑。

同桌呢，就傻不愣登地站在桌子边，手足无措。

你站起来时怎么不打声招呼啊？我哭了。老师进了教室，到我跟前扶起了我，我趴在桌子上还是哭。不是为着疼，是憋屈啊。

哭自己的命呀，怎么就没嫁个如意的同桌！

好盼望放寒假，寒假来了，我和他的同桌生涯就咔地结束了。下学期，谢天谢地，我终于不是他的同桌了。

下课碰见他，彼此也不作声。从他躲躲让让的眼神里，我猜测，他大约是自卑。长得不高，成绩也不好，还老淌口水。而我和他同桌时，成绩比他要好得多，但不曾慷慨地让他抄过一次。

后来，我们升入高年级，连我弟也上一年级了。

那年夏天，发洪水，我们放学都要经过学校后面一处淌水的地方。那里平时是一条小路，汛期时从路中间挖出一个缺口来淌水。过这个缺口时，我们都像助跑跳远一般，纵身跃过去，可是书包在后面打屁股，很影响技术发挥。

那天放学，我看见我的早已不同桌的那个旧年同桌，他站在缺口那边，叫我弟把书包先解下来扔给他。我弟就扔炸药包一般，哐地砸过去，他身子一仰，抱怀一接。

接住后，他把书包转给别人，蹲马步一般，双腿横跨缺口两侧，将我弟抱着用力甩过对岸去。然后后腿一蹬，自己也过去了。

他还没走，站在对岸看我。他看出我的犹疑胆怯，又说："许冬林，把书包先扔过来！"

彼时，他个子已经长高。我之后想想，洪水滔滔，他能于危难之时伸手搭救我弟，还接我们的书包，完全是看在我们同桌一场。

这样想，就觉得抱歉起来，我从前不该那样无视他。

多年后，男女同学纷纷择枝而栖，娶妻嫁人。但关于这位平凡的同桌，我一直不知他的近况。听说他高中毕业后，想要哥哥支援他一笔钱去做生意，但是他哥哥没有借给他。他一气之下，离家出走，再没有回来。

我不知道，他有没有恋爱过，有没有把爱像细菌和病毒一样，芬芳地传染给一个姑娘。

载于《青年文摘》

我们曾经那么无知，从而毫无理由地排斥了一些人。那些被排斥的人，恐怕特别希望可以接近我们吧。

第四辑

蓝琳琳的心里，藏着一个秘密

渐渐也能听到他的消息，他已经保研，却又放弃，执意去北京工作。因为北京，有他高中时就开始喜欢的女生。知道这一点，不知道为什么，她的心宁静又温柔，一如从前。那个不能说的秘密，就此深入心湖之底，成为一颗温润的、凝聚着年少记忆的琥珀。也许，这样，也很好。

他们也曾这样想过

文/告　白

青春时光转瞬即逝。

——贺拉斯

高二上半学期，文理分科，我们原来分配好的语文老师被另一位新来的毕业生所代替。据说，她不但相貌出众，还写得一手好文章。

我在鱼龙混杂的文科班。这位姓冉名冰洁的大学生，还未到班上便已被传得神乎其神。第一堂语文课前，所有人都提前静坐，等着一窥其貌。

铃声已过了五分钟，这位满城风雨的“神人”还未出现。后排的“捣蛋帮”开始窸窣地议论，她是不是得知谣传，自觉形秽，不敢前来了？

这样的臆测一出，马上得到了所有男生的共鸣。他们开始起哄，开始询问这传言的发起者是谁，欺骗他们的感情，下课得要此人好看。

正当一片哗然之时，一位素装长发的女孩径直走了进来。

我永远都记得那个清晨的情景，微微的光亮穿透窗帘，洒在她洁白皱褶的 T 恤衫上，映衬着芙蓉一般的面颊。乌黑的发，被闭门时的清风悠然扬起。她焦急地迈着大步，穿过狭窄的走道，在一片坏男孩的口哨声中完成了初步的自我介绍。

我没有鼓掌，也没有吹口哨，无形中，被一种莫名的力量给吸引住了。

我开始读词研史，争取在课堂上发问，第一个举手站起来陈述答案，为的，只是获得她倍加赞许的眼神。如果，有那么一次，她将我的作文作为范文在课堂上朗诵的话，我会恍然觉得春风拂面，丝雨缭雾，心里有一朵卑微的小花即将落落绽开。

我尊称她为“冉老师”，但我心里，并没有将她置于老师这个神圣的位置上。譬如，在没有人的时侯，我经常会不知不觉地在草纸上写满她的名字。即便之前心中盛满忧伤，可只要想起她，静静地对着那扇紧闭的门，心潮就会渐然得以平息。

由于我在文学上花的时间过多，导致其他学科成绩下降，严重偏科。班主任说，我得全面发展，不能顾此失彼。可我心里清楚，我顾不了那么多了，我的心里根本就没有“彼”。

后来，她主动找我谈话了。站在暖光漫漫的走廊上，我们面朝夏花，讨论着关乎人生大计的学业之事。我唯诺地点着头，心却像楼下的乱红一般，无由无故地落了一地。我多想，要是此刻我们谈论的不是学业，而是其他更为有趣的问题，哪怕什么都不谈，什么都不语，对着此情此景，那该多好！

那夜，我生平第一次失眠了。我恍然觉得内心已犯下了不可饶恕的罪孽——我将老师这一个神圣的影子，在内心给玷污了。

其实，那个暖气逼人的午后我并没有多想，只是单纯地渴望能与她默默地并肩牵手，走至那条夏花盛开的小路尽头。不过，这已经不是一个学生该去幻想的事了，我知道，我的思想已经脱离了正常的轨道。

我爱上了我的老师。当我慌乱了几日后，终于得出了这么一个荒谬的结论。

后来，有人谣传，她有男朋友了，并且将于我们毕业之后结婚。我附和着众人笑谈，心里却是一片模糊。

忧伤像一张密密的网，盖满了我的思绪。我开始努力不去写她的名字，不再去为她静坐，发呆一个又一个的午后。我知道，我与她的距离太过遥远，即便我以光速追赶，也抵达不了她的心房。可我不愿就此放弃。

少年的心，坚韧而又易伤。我终于鼓足勇气，在课后的走廊上拦住了她，一脸笑容地问："冉老师，听说你要结婚了，是吗？"

她羞涩地点点头，旋即惊异地问道："你怎么知道的？"

我说，是别人告诉我的，接着，以最快的速度混入了忙乱的人群。

那天，一向循规蹈矩的我第一次逃课了。坐在野草丛生的山林中，我独自面对着流云暮色，无措地流起泪来。

之后，她来找过我，严肃地问我为何不去上课？我说，仅此一次，下不为例。她苦涩地笑笑，说知道错了就好。其实，我的意思是告诉她，以后再不会为她而妄自伤神。

内心空洞的我，急需一些事情来加以弥补。毫无疑问，学习、看书成了我的全部，我不敢让自己稍作停顿。因为只要有那么一秒间隙的空暇时间，颅内就会疯长出她的名字。

那一年多的时间，我几乎都忘了是怎么过来的。直到她欣然将大学录取通知书递到我的手里时，我才从那场困梦中苏醒过来。

所有同学都去参加了她的婚礼，唯独我没有。我说，家里来了亲戚道贺，实在脱不开身。

再后来，我去了北方念书，遇见了新的让我伤神的女子。不过，那段关于恋师的情节，我却一直无法抛却，也无法从那片愧疚之洋中游弋出来。

十年，同学聚会，俨然已各有家室。当我凭借酒劲，平缓地向当年一起同坐后排的几位坏男孩道出心声时，他们瞬间大笑。

“冉老师啊？我当时还悄悄给她写过情书呢！不过她没回信，哈哈……”

端着青花素白的酒杯，我忽然得以释怀。对于美丽之物，那个年纪的我们，谁不曾如斯幻想过？这么些年的怀想与愧疚，彷徨和思索，原来都只是对青春私事的一种无辜惩罚。

载于《青年文摘》

那些匆匆逝去的青春年华里，谁不曾有过一丝心动？乌黑的马尾、干净的校服、洁白的帆布鞋，甚至连一块小小的橡皮擦都会让内心荡起层层涟漪。

演好自己的角色

文/庞启帆　编译

有勇气做真正的自己，单独屹立，不要想做别人。

——林语堂

我正在更衣室穿舞鞋时，我最好的朋友郝莉跑了进来。

“试演就要开始了，可我连舞鞋都还没穿好呢！也许我不应该参加这个演出，杰西卡。”郝莉哭丧着脸说道。

“郝莉。”我说道，“你是一个优秀的舞蹈演员，你必须去试一试！”

我和郝莉学习芭蕾舞已经好几年了，我们都梦想着有朝一日能扮演芭蕾舞剧《胡桃夹子》里的女主角克莱拉。现在，这个机会就摆在了我们的面前：《胡桃夹子》将作为我们学校参加新一届丹佛市青少年艺术节的演出节目，老师将在今天确定每个人在剧中的角色。

郝莉深吸了一口气，“好的。”

当我匆匆走进芭蕾舞练功室时，一个念头突然在我的脑中闪过。“如果郝莉不试演，那我不就有更大的机会了吗？”但我马上骂自己：“杰西卡，你怎么能这么自私？”这个时候，郝莉走了进来，我对她笑了笑。

选角开始了，我们的芭蕾舞老师凯特琳小姐先跳了几个动作，然后她就叫各组同学重复她刚才的动作。随后，凯特琳小姐又演示了其他一连串的动作，这一次，她叫我、郝莉和其他两个同学重复这些动作。

最后，她解散了所有的同学，角色名单将在下周一公布。

据我所知，学校芭蕾舞班的所有同学都能参加《胡桃夹子》的演出，但是，只有一个人能饰演克莱拉。

好不容易到了星期一，到学校后，我就冲进芭蕾舞练功室，同学们都聚集在贴着名单的墙壁前。

“郝莉，你是克莱拉！”有人喊道。

“我？”郝莉不敢相信。

我强迫自己挤出一点笑容，然后转身对郝莉说：“祝贺你！”

“谢谢。”郝莉说道，“你演什么角色？”

我看着名单。“我在《花之圆舞曲》这一段中演一只蝴蝶。”

“太棒了！”郝莉说道。

我的泪水差点就流下来了，但我还是强笑道：“还不错，是一段独舞。”

接着，凯特琳小姐马上对我们进行训练，严格的训练不容我有丝毫的分心。但回到家后，我让自己放声哭了起来，我对每一个动作掌握得都比郝莉快，我想，我应该是克莱拉。

次日的芭蕾舞课上，我没有像以往一样站在郝莉身边。

“杰西卡，怎么啦？”下课后，郝莉在更衣室问我。

“没事，你做好你自己的事就行。”我面无表情地说道。

“我想我们是朋友。”

我耸了耸肩。

郝莉转身跑出了更衣室，之后，我们都避着对方。

又一个星期六，排练结束后，凯特琳小姐对我说：“杰西卡，你已经掌握了全部的动作，但是没有进入状态。跳舞的时候，必须人神合一。”

凯特琳小姐是丹佛市职业芭蕾舞团的一名主要演员，我曾看过她的演出。我没有接她的话，而是问她：“您在《胡桃夹子》里面饰演过克莱拉吗？”

“没有。”她答道，“我演过很多角色，但从来没演过克莱拉。”

我不相信地看着她。

“很多次我都没有得到自己喜欢的角色，但每一次我都尽最大努力去演好这些角色。杰西卡，你也应该这样。”她说道。

我点点头，“我会努力的。”

但感觉像蝴蝶一样轻盈真的很难，我伤害了我最好的朋友。我想，我必须做点什么。

这天放学后，我早早就来到剧院彩排，我看见郝莉正在更衣室扎头发。

我的话脱口而出：“郝莉，我为自己那些愚蠢的行为和思想向你道歉，对不起！”

郝莉叹了口气，“没事，”她说道，“我知道你非常想演克莱拉。”顿了顿，她又说道：“你是一只令人敬畏的蝴蝶，杰西卡，我一直都在注意你。”

“谢谢。”我说道，“你是一个出色的克莱拉。”我从背后拿出一束花递给她，说：“加油哦，郝莉！”

郝莉哈哈笑了起来，也从桌子上拿起一束花递给我，说：“杰西卡，你也一样！”

两天后，演出正式开始了。在绚烂的舞台上，我绕着花丛翩翩起舞，我感觉自己就像蝴蝶一样的轻盈。

载于《天天爱学习》

你想成为什么样的人，那你就得承受相同级别的考验。在皇冠加冕之前，你只需要做好自己，要知道机会从来都是留给有准备的人的。

没有梦想，青春该多苍白

文/阿　杜

理想是人生的太阳。

——德莱赛

网吧被逮

当赵栎精疲力竭地走出幽暗的网吧时，正碰上前来“搜人”的教导主任，一逮正着。虽然赵栎眼尖想逃，但他快，教导主任更快，连同赵栎在内，教导主任这次逮住了七名逃课的学生。私下里，大家都管教导主任叫“恶魔”。

赵栎站在靠墙的角落，目光荒芜地盯着明亮的日光灯，耳畔是教导主任抑扬顿挫的说教声。他当然懂得沉迷网络的后果，可是那又怎么样呢？他的人生已经一团糟。父亲的抛妻弃子伤透了赵栎的心，想到精神抑郁的母亲，想到她婆娑的泪眼，赵栎心里一阵抽搐。

写完保证书走出教师办公室时，天已经黑了。赵栎漫无目的地在街头溜达，他不想回家，待在空荡荡的家里只会让他想哭。母亲生病后被送去医院了，而父亲又重新组建了自己的新家庭。

路遇韩菲

“家是温暖港湾……”一家音像店传来的这句歌词，猝不及防地涌到赵栎的耳朵里，他不由自主地停下脚步，而眼中的泪却止不住地流出。

好一会儿，对着街边的橱窗，赵栎发觉后边有人在看自己，立即抹去泪痕，转身。

“你干吗跟着我？”赵栎看清来人后，生气地问。

来人是韩菲，赵栎的同桌兼班长。

“我刚好走到这儿，没闲工夫跟你。”韩菲毫不客气地回敬了赵栎一句。

韩菲挺烦赵栎的，他爱逃课，害得她总是被老师批评，说她没负起班长的责任。可是，那么大一个人了，自己的行为还要别人来负责吗？韩菲想不通。她说过赵栎，但他不听，还和她吵了一架，骂她“多管闲事”。韩菲气坏了，决定再也不理赵栎。

见韩菲要离开了，赵栎急切地说：“既然遇见了，一起走走，有空吗？”

“叫我吗？”

“嗯！一起走走可以吗？”赵栎说。

他很想有个人陪自己说几句话，内心压抑得太久，感觉快要崩溃了。

韩菲沉默地走在赵栎身旁，她刚才其实已经看见了赵栎在流泪，但她想不通，这个看似叛逆的男孩，怎么会在街头流眼泪呢？

走了一会儿，韩菲突然听到赵栎的肚子传来“咕咕”声，于是说：“赵同学，还没吃饭吧？”

赵栎确实饿了，可身上没有带钱，只好窘迫地硬撑：“吃过了。”在女生面前，他要维护自己的面子。

“可是我还没吃饭，要不，你陪我去吃一点？”韩菲望着赵栎。

“班长开口，哪有不答应的道理。”赵栎尴尬地说：“不过今天得你请客，我是陪你的。”

韩菲笑着答应。

一碗清汤粉的温暖

走到街角的清汤粉店门口，远远就闻到了一股浓郁的香味，赵栎情不自禁地咽了一下唾液。

韩菲表现得更是急切，她深深地吸了一口气，说：“好香呀！我最爱清汤粉了，你呢？”

“我也是。”赵栎说，其实现在吃什么他都觉得香。

“老板……”韩菲叫来老板准备点东西时，掏出钱来，突然大叫一声：“糟糕！我只剩 15 元了，刚才买书花了好多钱。”

赵栎盯着韩菲耸耸肩，无奈地摊开双手，他也束手无策。买两碗清汤粉还差一元，赵栎第一次懊悔自己不该把钱都花在网吧。

韩菲想了一下，对老板说：“给我们煮 15 元钱的清汤粉，装在大碗里，行吗？”

老板爽快地答应了，很快，一大碗热气腾腾的清汤粉就端上来了。赵栎忍不住舔舔嘴唇，他太饿了，韩菲利索地盛了一大碗清汤粉，递给赵栎说：“帮个忙，多解决一点。”

赵栎没客气，接过碗，吃得喷喷香。

韩菲小口喝了点汤，她看了眼狼吞虎咽的赵栎，嘴角绽放出一抹笑意。

赵栎吃了两大碗的米粉，还喝了碗浓香的汤，肚子终于饱了。抬起头时，看见韩菲正在看他，不好意思地挠了挠头说：“都被我一个人吃光了。”

“还好有你帮忙，我正愁吃不完浪费呢。”韩菲说。

赵栎不傻，他明白韩菲的用意，所谓帮忙，不过是个借口，她只是在小心翼翼地维护他的自尊。

一股暖流在赵栎心底涌起，温暖了他那颗孤单、倔强的心。

如果青春没有了梦想

一碗清汤粉拉近了赵栎和韩菲的距离。

两人信步穿行在人来人往的热闹街道上，韩菲显得兴致勃勃。

“赵同学，你有什么梦想吗？”韩菲不经意地问。

“梦想？我这种人还能有什么梦想。”赵栎说。

赵栎冷漠的回答让场面瞬间变得尴尬起来。韩菲意识到自己刺到了赵栎的伤心处，但思忖片刻，她还是继续说：“你哪种人？你不就是我的同桌吗？梦想又不专属于谁。”

“有些事你不会明白的，你不懂。”赵栎淡淡地说。

“赵同学，我很笨吗？”韩菲撇撇嘴，一脸不服气。

“你是班长，哪会笨，我才笨。”赵栎见韩菲不高兴了，赶紧打圆场。

“我确实不知道你经历了什么事，但这和梦想有关系吗？

每个活着的人都应该有自己的梦想，都应该靠自己的努力去追逐梦想，而不是为自己找借口。”韩菲说。

沉默了一阵，赵栎决定向韩菲敞开心扉，那些压抑在心底的痛苦早就想找个宣泄的出口。赵栎说出了一直以来让自己痛苦不堪却又无能为力的家庭变故，整个人突然就变得轻松了。他相信韩菲能够理解自己。

“赵栎，你真棒！如果我是你，可能会把事情处理得更糟，你那么爱你的妈妈，真好。”韩菲说，她终于是明白了眼前这个男生为什么会突然在街头泪流满面。

“青春是我们的，梦想也是……如果青春没有了梦想，该有多苍白呀！”韩菲发自肺腑地说，她多想帮助赵栎走出家庭变故的阴霾。

一起保守秘密哟

临分别前，赵栎的情绪受到韩菲的感染，也变得快乐起来了。

他看了眼身旁青春洋溢的韩菲，问：“你很幸福吧？你爸爸是不是特别好？”

“是很幸福，我爸爸……我觉得好，可能你觉得不好。”韩菲说。

赵栎愣了一下，不明白韩菲的意思。

见赵栎发呆，韩菲笑了起来：“告诉你一个秘密，你得帮我保守，要不，我在学校可就混不下去了。”

这么严重？赵栎不知道韩菲会说出什么事来。

“你们眼中的‘恶魔’就是我爸。”韩菲说。

“什么？‘恶魔’教导主任是你爸？”赵栎情不自禁地嚷

起来。

“小声点，你怕别人听不到呀？我从来都不敢声张。”韩菲笑着说，“你知道他的严厉，我的日子过得也没你想的那么舒服。不过，我有梦想呀，我每天都在为自己的梦想而努力，和爸爸无关。”

“‘梦想是我们最好的伙伴，只要心里有梦想，你就不会孤单。’这句话是爸爸以前送我的，我现在送给你。”韩菲说。

走远几步，韩菲又转过头来：“赵栎，你得帮我保守秘密哟！”

赵栎伸手做了个“OK”的手势，笑着说：“没问题，我们一起保守秘密。”

赵栎走在夜色迷漫的回家路上，心中渐渐豁然，他读懂了韩菲的善意，也终于明白：青春是自己的，梦想也是，唯有自己过好了，才能更好地爱身边的亲人。

载于《青年博览》

青春本是色彩斑斓、天马行空的，若背负上某种压力，那将会是一片苍白，犹如绿洲变成荒漠。

和自己赛跑的人

文/安一朗

蜗牛靠着毅力，才能爬到安全的地方。

——史普吉恩

一

孙兴坐在靠墙的角落，在班里几乎不吭声。学习一般，毫无特长的他，如果不是胖得出格，我想大家可能早把他遗忘了。但因为他胖，长得像“葫芦”，大家平时总爱调侃他，还美其名曰：葫芦孙。

孙兴不喜欢这个外号，别人嬉皮笑脸地叫他“葫芦孙”时，他会难过，但不想自己被别人排斥，犹豫一阵后，他还是会抬起头，一手挠着脑袋，隐忍地问：“是叫我吗?”“不叫你，难道是叫我自己呀?”逗他的人应一句后就哄笑起来，引来一大片的笑声。孙兴在众人的笑声中，脸泛红，也跟着尴尬地笑。

大家说孙兴脾气好，捉弄他的事时常发生，在单调、枯燥的学习生活中，倒也因为他的存在，给大家带来了不少乐趣。我坐在孙兴的后桌，见别人捉弄他时，心里就不舒服，虽然我也会因为看见他愣头愣脑的样子而发出笑声，但我从来不曾去捉弄他，我想，毕竟是十几岁的人了，谁愿意整天被人捉弄呢？

有一次，四五个同学一起捉弄孙兴，他们讲得口沫横飞，笑得得意忘形，甚至于他们还在孙兴的衣服后背上贴了一张恶搞的漫画，并且用水笔写上："我是大头葫芦孙！"孙兴背着这张字条走在校园里，笑趴了一群人，他们指着孙兴高喊："快来看呀！大头葫芦孙出游了！"孙兴在别人肆虐的笑声中感觉到了不对劲，待他后来知道事情的始末并且摘下那张恶搞的字条时，他第一次在众人面前发怒了。

我记得那天，他最后狠狠地咬着牙，一拳砸碎了教室的窗户玻璃。

二

见识了发怒的孙兴，再加上老师的批评，班上倒是没人敢再叫他"葫芦孙"，更不敢捉弄他了。风平浪静的孙兴就像一夜间被大家遗忘在教室的角落，他不说话，也没人找他说话。个头不高的他，主动坐到教室的最后一排，连我也几乎忘记了他的存在。

校艺术节前夕，我因为参演了学校的一个小品节目，每天放学后都要留下来排练。有一天，排练完后，突然想起还有东西落在教室，我就返回教学楼拿。教室在四楼，楼后面是学校的大操场，平时很少有人在里面锻炼，大家都习惯在教学楼前的小操场打球。可是那天，我的目光却被窗外大操场上一个跑动的身影吸引了。

那人跑得很慢，硕大的身形一路摇摇晃晃像是随时要跌倒的样子，我看得很真切，那人是孙兴。夕阳笼罩下，整个校园仿佛覆盖了一层温润的颜色。可是孙兴的身影，在那温润的颜色中，在空荡荡的大操场上显得那么孤单。

放学已经很久了，整个校园里都没剩几个人，孙兴怎么还在跑步？我站了一阵，看着艰难跑动的孙兴，突然就有一种冲动，我要去陪他跑步。

我兴冲冲跑下楼，来到楼后面的大操场。孙兴已经跑到操场的另一边，我放下书包，鼓足马力迅速追上去。可能是跑得太投入，我跑近他身边叫他时，他都没反应。孙兴汗流浃背，整个人像是从水里捞出来似的，他眯着眼，气喘如牛，硕大的身形艰难地左右摇晃。那脚灌了铅似的，每跑动一步，我都能听到地上传来一声沉重的闷响。

我拍了拍他的肩，孙兴才转过头看我，在他停下来的那一刻，他整个人差点就栽到地上。我赶紧扶住他，他摆摆手，喘着说："还有半圈。"然后又继续迈步向前。"你跑多久了？还不回家吗？"我问他。孙兴没说话，我想他现在正口干舌燥得喘不过气来，于是不再说话跟着他一起跑。说是"跑"，其实比我平时走路还慢了许多。

好不容易到达终点，孙兴抹去脸上的汗，说："今天的任务终于完成了。"

我好奇地问："谁要求你跑的？减肥吗？还是想参加比赛？"

"没人要求，是我自己要跑的，如果能顺便减肥当然更好，参加比赛，你说我能行吗？"孙兴反问我。

我知道，孙兴跑得慢，体育考试从没及格过。孙兴说话时表情淡淡的，只有豆大的汗珠子在夕阳的余晖下闪烁，使他的脸看起来神采飞扬。

三

校艺术节如期举行，我每天忙学习，忙排练，还要参加艺术节前的各种准备活动，忙得不可开交，慢慢就忘了孙兴的事。

直到艺术节结束后的一天，我和几个同学打完球后，正准备回家时，突然就想起了一个人跑步的孙兴，于是兴致盎然地跑到教学楼后的大操场。中间隔了一个多月的时间，我不知道孙兴是否还在坚持，只是好奇地想看看。

夕阳下的操场，果然还有一个人在跑步，不用猜，一定是孙兴。我放下书包就追了过去，他跑的速度依旧很慢，一会儿工夫，我就追上他了。他依旧是一副浑身都湿透了的样子，但孙兴看见我很高兴，他说："你来啦?"我笑着看他，好奇心又起："有进步吗？又过了一个月。"孙兴的脸在夕阳下呈现出一种好看的红铜色，他喘着气说："有进步，虽然还是很慢，但比之前，真的快多了。"

看他一脸高兴的表情，我不知道再说什么好，于是跟着他慢慢跑，直到他预定的跑步任务完成才一起回家。路上，我们第一次聊了很久的话，我才发现，我对他根本就不了解。

孙兴是个很有毅力的人，他的坚持只为和自己赛跑，赢过自己。他说，每天出一身汗，心情会轻松，可以忘记很多的不愉快。他要做个大度的人，不想再砸碎玻璃了，那样的行为让自己汗颜。他还说，虽然明知道有些事再怎么努力也赢不过别人，但这一点都不重要，重要的是，赢过自己就可以了。

我突然发现面对和自己赛跑的孙兴，应该感到汗颜的人其实是我。

载于《中学时代》

是呀，有些事，再怎么努力也赢不过别人。不如我们把目标设得低一些，每天进步一点，超越昨天的自己。

有梦想的人都会闪闪发光

文/安　心

理想如晨星，我们可能永远不会触到，但我们可以像航海者一样，借星光的位置而航行。

——史立兹

一

张子涵是个很平凡的女生，她不爱说话，也不爱与人交流，每天总是独来独往。

班上的同学当她是隐形人，她也乐于接受，毕竟不与人交往，不用面对别人关注的目光，于她来说是件特别自在的事。

她喜欢坐在安静的角落，一个人看着黑板发愣，或是想着自己的心事，似乎只有在角落里，背靠着墙，心里才会安稳。

只是每次看见别人热闹地聊天，追逐打闹时，她心里就会泛起波澜。其实她心里也有过羡慕，希望自己能够像其他同学那样，快乐地玩耍，开心地笑，或是没来由地哼哼歌，可是自卑如影随形，她迈不出那一步。

二

刚毕业的华老师是张子涵的班主任，她很喜欢这群天真活泼、爱笑爱闹的孩子，可是一段时间后，她发现了一个奇怪的现象：任何时候，任何场合，张子涵都像一个局外人，她不凑热闹，也不说话，更不会参与。

这女孩怎么总是格格不入呢？一点朝气都没有。华老师不悦地想。

华老师喜欢有个性、有思想、过得快乐的孩子，像这样闷葫芦一样的女孩真让人觉得没劲。可是一次，当华老师看了张子涵交上去的考试作文后，却是难过得眼角濡湿，深深自责。

那是一篇题为《我希望》的作文，张子涵在文中写道："我希望自己的听力能够好一点，再好一点，这样我就可以不用戴助听器了。我就可以清晰地听见老师上课的声音，听见爸爸妈妈温柔的叮咛，听见同学们欢快的笑声，可以不会因为没听清别人的话被误会……"朴实的文字，却仿佛一枚针，让华老师坐立不安。在第一时间里，华老师联系了张子涵的妈妈。

原来张子涵小时候生过一场重病，由于药物的副作用，病愈后，她耳朵的听力非常弱。

刚上小学时，张子涵戴着助听器，小朋友看见了都嘲笑她是聋子。还有一个老师，误会她上课用耳麦听音乐，当众批评了她。委屈得泪水涟涟的张子涵低声解释，老师却是大声斥责她乱插嘴。在老师没收她的耳麦时，才注意到那是她的助听器。

那以后，张子涵再也不戴助听器了。她也从来不愿意对别人提起这件事，这是她的伤口，是她把自己心扉紧闭起来，她不想别人为此嘲笑或是同情她。

明白事情的真相后，华老师格外关注张子涵。她发现张子涵的眼中总有一抹淡淡的挥之不去的忧伤，她安安静静地坐在角落，像株没有生气的小花，让人心生怜爱。

三

班上的一个女生去参加唱歌比赛得了第一名，回来时，班上的同学都为她欢呼雀跃。还有一个长大后想当画家的男孩也在一次大型的绘画比赛中获得了金奖，同学们奔走相告，整个教室都洋溢着欢快的笑声、掌声。

华老师为孩子们的才情而惊喜，也很好奇他们的梦想，于是组织了一场《我的梦想》主题班会。谈到梦想总让人无限神往充满激情，孩子们自信满满地宣告自己伟大的梦想：科学家、画家、医生、大老板、大明星、飞行员……五彩缤纷的梦想仿佛一颗颗闪烁的星悬挂在孩子们的心空，让他们看起来全身都散发出异样的光芒。

轮到张子涵上台宣告自己的梦想时，华老师的心莫名地紧了紧。果然不出所料，张子涵站在讲台上，她紧张得浑身颤抖，手紧紧握住话筒，低着头，半天没吭声。

“说呀！你有没有梦想呀？”

“就是，没梦想就下来。”

有同学在下面嘀咕。华老师听见后，走到张子涵的身边，搂着她的肩膀，鼓励说：“说吧，子涵，把你的梦想大声说出来。”张子涵抬头看了眼老师，又悄然垂下，低声说：“他们都很优秀，是闪光体，可是我太平凡了。”

“平凡的人也可以有梦想呀，有梦想的人就不平凡了，都会闪闪发光，你也一样。而且老师知道你一直就有一个很神圣的梦想，你一直都在努力，不是吗？”华老师说。

教室里倏地安静下来，大家屏住呼吸，想知道隐形人张子涵的神圣梦想。

“老师，你怎么知道?”张子涵好奇而又高兴地问。

华老师眨了眨眼，露出一个调皮的笑容说：“老师能够读懂你呀！来吧，把你的梦想告诉大家，他们都很期待哟!”华老师说完，又轻轻搂着张子涵，想温暖她，给她鼓劲。

在华老师的鼓励下，张子涵挺直了腰杆，鼓足勇气说：“我喜欢写东西，我的梦想是希望成为像安宁姐姐那样很有才华的作家，写很多很多精彩的文章。”张子涵的话才说完，华老师第一个带头为她鼓掌。

热烈的掌声中，张子涵害羞地又垂下头。

“子涵，把头抬起来，看着大家，你们都是一群有梦想的孩子，你们都是闪光体，老师为你们加油!”华老师拍了拍子涵的肩，又继续说：“有梦想，还要有行为，你们说对不对?”

“对!”大家异口同声。

“子涵同学观察能力强，文笔优美而且细腻，还看了很多很多的书，你们说，她的梦想通过努力会实现吗?”华老师接着问。

“会!”

又一阵掌声响起时，华老师紧紧抱住了张子涵——这个一直深陷自卑，从来不敢对人言说梦想的女孩。她在张子涵的眼中看见了闪烁的泪花，华老师知道这是幸福的泪花，是一个自卑女孩走向勇敢最纯真的感动。

四

张子涵终于勇敢地迈出第一步，她仰起头抹去眼角的泪，望着华老师，露出了笑容。

为了听清别人说话的声音，张子涵重新戴起了摘下很久的助听器，她要学会面对别人异样的眼神，她相信，习惯后别人也就见怪不怪了。她试着主动和同学说话，试着融入别人的圈子，与人交往。

同学们知道张子涵的情况后没有嘲笑也没有同情她，而是用真诚的友谊温暖着她曾经受过伤害的心。每天一下课，总有一群人围着她说话，或是一起唱歌。

张子涵和他们开心地聊天，快乐地玩耍，放声大笑，不再顾影自怜。她第一次感受到有朋友的感觉真的很好，脸上洋溢起甜美的笑容。

“子涵，你笑的样子很美！像个发光体。”同桌的男孩对她说。张子涵害羞地垂下头，心里却漾起了幸福的涟漪。“你们也是呀！”一会儿后，她又重新抬起头笑着说。

张子涵相信老师的话——相信每个有梦想的人一定都会闪闪发光，她很庆幸自己在最美的年华里遇见了这样一群有梦想有爱心的人。

载于《黄金时代·学生族》

拾起自己的信心，打开心扉，融入集体，青春年华里我们都是小小的发光体。

蓝琳琳的心里，藏着一个秘密

文/张　觅

暗恋是一种自毁，是一种伟大的牺牲；暗恋，甚至不需要对象，我们不过站在河边，看着自己的倒影自怜，却以为自己正爱着别人。

——《南风》

蓝琳琳十八岁时，拥有了一个甜蜜的秘密。

像是一颗清澈水滴忽然落入心湖，激起一圈儿又一圈儿微微的涟漪，于沁凉空气中，荡起无声的回响。

她清楚地记得那一天，仿佛还是昨天一般。傍晚，茵茵草地，蓝天白云，琳琳坐在草地上，看几个女孩子在学校的草地上放一只浅蓝色的风筝。风筝轻轻巧巧地滑入蓝天，气流平稳地托住它，高高飞翔在白云间。

琳琳仰头看着那风筝越飞越高，像是绘在白云上的精致贴纸一般。琳琳觉得很快乐。

琳琳就是在这时，听到那个声音的。

校广播站传来的声音，浑厚、低沉，融进了那温暖得要使人落泪的夕阳里，照到了琳琳脸上。琳琳望着远处青铜色的岳麓山，听那声音遥遥地飞向青山一隅，忽然觉得茫然、惘然，而又怃然。

那个声音缓缓讲述了一个美丽而忧伤的爱情故事，琳琳静静听着，眼里便渐渐含满了泪。她忽然觉得听着那声音，让她莫名地温暖和安心，几乎要睡着了。

想起冰心的一句话："雨后的青山，像泪洗过的良心。"是不是哭过以后，一切就又能重归清澈与美好，就像雨后的青山般清朗？

故事徐徐地结束了，琳琳还沉浸在那个忧伤的结局里。忽然听到广播里流泻出《冬季恋歌》的主题曲《从开始到现在》，那是她所喜欢的干净纯粹的爱情，冰雪一样洁净清凉。

末了，歌里有咏叹调般的女声低徊："你真的忘得了你的初恋情人吗？假如有一天，你遇到了跟他长得一模一样的人，那真的就是他吗？还有可能吗？这是命运的宽容，还是另一次不怀好意的玩笑？"

这是命运的宽容，还是另一次不怀好意的玩笑？

那个初夏，琳琳刚好读大一。

琳琳渐渐喜欢一个人漫步，在校园的林荫道上。下过雨后，树叶被濯得越发青碧可爱，那种微微却馥郁的清香在雨后湿润沁凉的空气里立刻飞上整个校园的上空。

在这样雾似的清香里，琳琳独自走着。傍晚，踏着长长的影子，听那广播里传来已是极为熟悉的男低音。有时，抬起头来，看那温暖的夕阳，不经意间已镀红了天边。周围是年轻活泼的面孔，鲜亮的衣着，喧闹的声音。可琳琳心里却是一派宁静，洁白清新。

她只听得到那个声音。

一字一句，落到她心里，仿佛就在瞬间，心便像荷花一样绽开了。

那个声音，在傍晚放学的路上，常常讲的是一个个动人的故事。琳琳想起看书时看到希腊人形容爱琴海是醇厚的酒一般的颜色，忽然觉得这个比喻也极适合来形容那个声音。那真的是酒一般醇厚的声音啊。

拥有这样声音的，会是怎样一个男生？

深秋的时候，金黄的落叶瑟瑟地落满了校园，秋日明净的蓝天下，大二的生活也开始了。这时，广播站开始招新的广播员了。

听到这个消息时，琳琳正靠着大树仰望那树叶缝隙里一双双蓝色眸子般的天空，忽然心止不住狂跳起来。她这才发现，其实自己真的很想很想知道，拥有这个声音的主人，会是怎样的模样？

于是便去了，录音室里，看到一个男生正在那里调音。听到那声音，琳琳的心砰然而动，是他！

他取下耳机，站起身，转过头，微微一笑——天！多么清秀的一张脸！琳琳只觉得自己一阵恍惚，几乎以为是在梦中了。

那个男孩温和地开口说话，琳琳一句话也没听清楚，只觉得阳光异常的明媚，空气里仿佛开满了一大朵一大朵喷香的栀子花。

忘了是怎样的一个过程，她微微低着头，轻声念起纸上的文字。阳光静静地笼罩在她橘黄色的毛衣上，青春洋溢，玲珑剔透的脸，是青春才有的清灵。

琳琳被录取了。

她在进广播站的第一天，才发现站长换了一个女生，清秀男生已经不在——他已经大四，开始要实习找工作了。

琳琳有些失望，又有些惆怅。

不过她却爱上了广播，每天戴上耳机，听自己的声音犹如清澈泉水般流淌，着实是件快乐的事情。

夕阳的光芒照进录音室，金色细小的灰尘在空气中沉浮不止。她总是莞尔一笑，想起不久以前，他在录音室里安静地录音，而她在香樟树下仰望在蓝天白云间穿梭的浅蓝风筝，心中一派平和喜乐。

她常常借了他留在录音室里的带子，放在录音室里听，一遍，又一遍。渐渐也能听到他的消息，他已经保研，却又放弃，执意去北京工作。因为北京，有他高中时就开始喜欢的女生。

知道这一点，不知道为什么，她的心宁静又温柔，一如从前。

那个不能说的秘密，就此深入心湖之底，成为一颗温润的、凝聚着年少记忆的琥珀。

也许，这样，也很好。

载于《疯狂阅读》

每个女孩子心中大多都有一个秘密，一个关于男孩子的秘密，后来秘密公布了，就在一起了；而那些没有公布的秘密，就像一颗温润的珍珠永远埋在心湖之底……

那株不开的水仙

文/怜　子

一种遗憾，其实可以被放得很大很大。它可以成为你生命中的一个阴影，甚至影响到你生命的质量。

——于丹

认识女孩是在高中时，那时的男孩孤芳自赏，目无下尘，但还是屈服在女孩清纯的笑容下。后来他在写给女孩的文章中说，是她让他发现自己只是攀在废墟上的野花而非大树。

那样压抑的生活中，他们互诉那个年龄特有的烦恼。男孩是个喜欢浪漫的人，也是一个喜欢制造浪漫的人，总是用一些浪漫的故事来点缀他们的生活。

体育场无瑕的雪地，最先写下的总是他们的脚印；绵绵春雨中只有他俩躲在古朴的伞下漫步校园；夕阳西下的时候他们长长的影子又印在校园旁的林荫路上；花园里第一朵蔷薇盛开的时候他们总在旁边；最后一朵丁香凋落时也是他们在守候……

在他们在一起的最后那个冬季，男孩送给女孩一株水仙，一株还未开放的水仙，他说很多美丽只有在守候时才会出现的。女孩把花养在房间里，小心地呵护着，连换水也要自己来，生怕妈妈不小心给弄伤了。

终于有了花骨朵，女孩别提有多兴奋了，那晚她的眼睛一刻都不舍得离开花，好像稍不注意花就瞬间开了。看着看着女孩就睡着了，在梦中她看到她的水仙开花了，很是漂亮，花瓣月光般洁白。

那晚确实开花了，不过不是女孩的水仙，而是雪花。第二天女孩就被冻感冒了。她好起来的时候，水仙的花骨朵却蔫了，再后来那株水仙就不会开花了。

他们之间有着让人羡慕的默契，从来不用说明什么，总会在那个时候那个地点“巧遇”。他们从没有争执过，甚至就没出现过分歧，男孩的观点女孩总是支持，女孩说什么男孩都认为是对的。

女孩说跟他在一起总会有浪漫的故事发生，或许只是无意间的一句话，男孩却铭记在心。

男孩就极力去维护这种生活，当然是默默的，那时他也以为这种日子会一直延续下去，就像每天都会升起的太阳一样。直到有一天清晨醒来面对的全是陌生面孔的大学校园，这让一直把生活局限于女孩的他一片茫然不知所措。那年女孩还在读高中。

大学的生活让一直以来都活在浪漫中的男孩在茫然之中忽然明白生活是由浪漫和现实组成的，缺少哪一个都不会幸福。好比幸福是所归宿，现实就是硬装饰，浪漫则是软装饰，少一个这所归宿就不完整。

于是他开始为能过上丰富的物质生活而努力，努力不是想想或是说说就行的。男孩每天回到宿舍时其他同学已在做梦了，他起床时人家还在做梦，人家在复习功课，他还要出去奔波，就连考试也是同学打电话叫他回来的……

后来女孩也上大学了，不过是在另一座遥远的城市，当然这一切他只是默默地关注着。

毕业那年凭着丰富的工作经验他很轻松地在一家效益不错的公司应聘到了一个工作自由且待遇不错的职位，而且还在家乡与人合伙开了一家公司。如果女孩毕业后想回家乡他们就回家乡打理公司，若女孩想呆在其他城市他就把公司卖了跟女孩到她想去的那个城市，凭他现在的能力到哪儿都会很容易发展的。

做好了一切准备，男孩给女孩打电话，虽然时隔多年，虽然只是接通时的那一个“喂”字，女孩还是一下就听出了是他。

没有埋怨，没有责怪，亦没有欣喜，一如当年的平静，仿佛之前约好了一般。

“走出巷子，左转，闭着眼，往前走一百步。”男孩在电话里对女孩说，“记住，一定要闭着眼。”

女孩一如当年般听话，她穿着紫色的棉布裙子，还是留着男孩喜欢的长发，北方的春天依然有些冷。男孩的车就在三十米远外的地方，他计算过了那正好是他与女孩一百步的距离。

“偏左了，往右走一点，再左就要撞墙了。”男孩倚着车为女孩看着路。女孩家住的是小洋楼，这三十米要穿过三条巷子，过了这三条小巷就从当年的浪漫走到了幸福。男孩这样想着，因为如今他可以给她幸福了，完整的幸福。

“六十六、六十七……”女孩在电话里数着，再过一条巷子就到了，男孩回身打开车门，他想等一下女孩走到车门旁就可以直接上车了。那些当年写满他们脚印的地方男孩一直都没有去，他认为那是他们的，他不可以单独去的，今天他们终于可以一起去了。

就在他打开车门的时候突然听到女孩的一声尖叫，回过头来女孩已经倒在了地上，一个学骑自行车的小男孩从巷子里冲了出来撞在女孩身上。女孩的腿被划开一道口子，血正往外流，更严重的是她的头重重地撞在了硬硬的水泥地上昏了过去。

第三天的时候女孩醒了，医生说她脑袋里有淤血，可能会压迫神经导致间歇性失忆。男孩去看她的时候，女孩的母亲对女孩说多亏了这位年青人啊，是他把你送到医院还每天来看你。

女孩抬头看看男孩，目光在他脸上停留了一会，男孩期待着她喊出他的名字，然而终究没有，女孩只是轻轻地说了声："谢谢。"

那天男孩第一次喝醉，独饮自酌。他计算错了，浪漫与幸福的距离不止一百步，还有意外！

后来女孩就回学校去了，因为她大学的那段记忆还在。

男孩跟来了，在女孩所在的学校旁边开了一家花店，他不像其他人那样在橱窗里摆满了开得正灿烂的玫瑰和百合，而是放着几盆未开的水仙，如果有哪株开了，他就把它挑出来。

他还把水仙放到冰箱里冻，希望冻出一株不开花的，然而不是冻死了就是只延迟了花期。

女孩经常从花店旁经过，每次都会看一眼那些没开放的水仙，也只是看一眼。男孩只能无奈地看着她一次次地从橱窗经过。

那时男孩明白了：很多东西，只有当我们握在手中时才有呵护的资本。

或许有一天女孩会恢复记忆，或许有一天男孩会放弃，但是哪一天会早一点到呢？

载于《青年文摘》

是的，握在手里的，才有呵护的资本，好好珍惜好好爱吧，因为我们不知道明天和意外哪个先来。想爱就去追，不要等待，含蓄已经不适合这个时代了。

露水和单车

文/唐风　编译

爱的不是那个人，是那份纯真的感情；执着的不是那个人，是那份美好的回忆；过不去的是情，不是我们。

——佚名

我一直都喜欢自行车，就如同喜欢一道美丽的风景一样。这也许是因为20多年前，一辆普通的自行车帮我找到真爱的缘故。

那时候我还是个经济系的大三学生，在学校宿舍里住了两年后，我和室友格蕾西在离学校几条街的地方租了一所漂亮的旧房子。合租这所房子的还有另外三个男生，我们五个人将一起住进这个新家。

我是在一个保守的家庭里长大的，在我谈男友和约会这些事上，我爸管得很严。我以前从没敢想过爸爸会允许他的女儿和三个男生同住一所房子，格蕾西告诉我爸，我们可以把那所房子分成两个套间，我们和男孩们有不同的进出大门和洗手间，他这才同意。

就这样，1993年1月，我们找人在这所房子里打上了一道分隔墙，不久就住了进去，开始了我人生中最难忘的一段时光。

三个男生对我们很好，像哥哥一样。他们在图书馆里学习，和我们一起在后院里做烧烤，轮到给大家洗碗时也会抱怨。我们两个女孩会喝好多茶、吃好多烤面包，一直聊到深夜，聊天内容经常是以严肃话题开始，后来就漫无边际了。当然，我们也会谈起所有女生都津津乐道的话题：男生。

和我们同租的有一个与众不同的男生，他叫约翰，文静，但是有责任心。所有人都喜欢他，不过我们对他却有些敬而远之，反正我就是这样想。约翰少言寡语，而我是个话多的女生，正因如此，我不是很清楚他脑子里想的是什么，同时又希望他对我的想法知道得少一些。他虽然内向，但是我从他的身上看到了一个男孩应该拥有的最宝贵的品质。

在一个寒气袭人的上午，我穿着件法兰绒睡衣，牙还没刷，站在晾衣绳下晒衣服。这时，约翰走过来，说要和我谈一件严肃的事情。那是我们俩第一次正式的交谈，约翰张口第一句话是“嫁给我”。我没想到他会突然说出这句话，一时哑口无言。我没有想嫁给他的念头，起码在那时候没有，但是我们确实交上了朋友。

我们的学习都很紧张，又住在同一所房子里，所以我们也是以特有的方式谈着恋爱。在约会前，我不会手忙脚乱地扎头发、化妆，也不怕穿着睡衣、牙也不刷就给他开门，时间太紧，我们没时间计较这些，两个人谁也不会装模作样。

相处了一段时间之后，我冷静下来思考着，觉得这段感情似乎应该结束。我们虽然相处得不错，但好像只是在为了约会而约会，我不知道他是否能成为我的“另一半”。我对做这个决定还没有思想准备，所以就提出了和他分手。

他听到我的话后，回到他的屋里，沮丧得犹如被人一拳头打进了衣柜里（这是很多年后他告诉我的），而我对此一无所知，虽然心里有些不安，可还是相信自己的决定是对的。在那之后我们像往常一样，和对方礼貌地同住在一所房子里。

几个月后的一个清晨，我比平时早醒了一会儿，听到窗户外面有声音。自行车是学生最喜欢用的交通工具，我们几个人的自行车平时都并排停放在离我窗户不远的地方。烦人的是，自行车也同样是小偷的最爱，所以我一听到动静马上想，肯定是有人趁天还没亮在偷我们的自行车。我悄悄地掀开了窗帘的一角，向外面瞧着，却只看见约翰正拿着一块抹布在擦我的车座。

我问他在干什么，他回答："给你擦自行车。"显然很尴尬。"擦它干吗？"我问。

"因为车子湿，早上有露水。"他回答。

"可我的车早上从来都没有露水。"我说。他接下来的一句话让我的心瞬间融化，那句话比一千句信誓旦旦之词都更有分量。正是那句话让我相信，这个少言寡语的男孩就是我要找的"另一半"。他说："我知道，因为我每天早上都会把它擦干。"

三年之后，我真的嫁给了约翰。我喜欢自行车，因为是自行车一次次地提醒我：真正的爱情是不求回报的给予。

载于《青年博览》

真正的爱是不求回报的，但凡牵扯到利益的爱，都不是真的。所以以此告诫那些单纯的女孩子，真爱是难求的，但并不代表没有。

与书相伴的青春

文/阿　杜

书是我们时代的生命。

——别林斯基

从小我的性格就比较安静，我做不到像邻居家的小女孩一样，整天风风火火地跟在一群男孩后面狂奔乱跑、上树抓鸟、下河捞鱼，把自己整个儿弄得假小子般脏兮兮像泥猴。

我是巷子里最淑女最乖巧的女孩儿，是所有家长教育自己孩子时唯一的典范。父母们会希望他们的孩子，特别是女孩都能够像我一样安静、懂事。主动帮父母做家务，照顾年幼的小弟弟和年迈的太婆。闲暇时看书，然后编成故事讲给“不听管教”的二弟听，唯有此，他才会乖乖待在家，听我的派遣。

父母很忙，为了生计整日守在街边的水果摊旁。妈妈说：“早起的鸟儿有虫吃。”她每天总是第一个上街摆摊，最后一个收摊。无论刮风下雨，严寒酷暑，他们依然如故，生活的艰难、父母的艰辛我很小的时候就明白了。

记得有一次，妈妈很晚才收摊。累了一天的她脸色很不好，我还注意到她的眼睛红肿，面颊上留有斑斑泪痕。在爸爸劝说妈妈想开些时，我才知道事情的原委。原来是妈妈在傍晚时，因为人多也因为天色昏暗，对钱很敏感的她居然收进了一张假币。虽然只有50元钱，但那已经是我们家好几天的生活开支了，怪不得妈妈如此伤心自责。

“穷人的孩子早当家”这句话我是有深刻感受的，看着含辛茹苦的父母，看着清贫的家，在很小的时候起，我就知道要和父母一起撑起这个家。毕竟我是大姐，是父母唯一的帮手，两个弟弟年纪小，而太婆身体又不好。如果我不帮父母，谁帮呢？

父母对我最大的奖励就是给我办了一本图书馆的借书证，图书馆就在街道的尽头拐弯处，离家不远。我读幼儿园时，爸爸曾多次带我去过那里，爸爸只有初中毕业，但这一点也不影响他喜欢看书。妈妈也支持喜欢看书的爸爸，妈妈曾说，喜欢看书是一件很美好的事，因为她只上过几年小学，所以对喜欢看书的人很尊重。

我喜欢看书，可能是受爸爸影响；也可能是为了多看书才能讲出好故事，顺便管住喜欢听我讲故事的弟弟，我很享受弟弟们崇拜的眼神和一个劲追问故事结局的表情；还有可能是因为妈妈喜欢爱看书的人，她的欣赏我很受用。

当然，可能也有性格和身体的原因吧，当喜欢安静独处的我，沉浸在书中的故事里，跟着主人公的喜怒哀乐而喜怒哀乐，随着故事情节的进展而把心悬着、担心着时，那种因为他人的磨难而伤心难过，因为他人的快乐而雀跃让我的心情起起伏伏，于是我成了一个情感丰富、善解人意的女孩。

经过父母多年的打拼，我们家搬进了新房子，父母拥有了三家属于自己的水果超市。那些清贫的日子一去不复返，已经长大的我却依旧喜欢看书。可以说我的整个青春期都是和书相伴的，我喜欢那样的闲暇时光，喜欢沉浸在书中独自快乐、忧伤，喜欢在书里憧憬美好的未来。在书中我了解到许许多多未知的人与事，神游到遥远的国度，看巴黎的圣母院、埃及的金字塔、普罗旺斯的薰衣草。

我不知道我的人生如果没有书相伴该有多寂寞，我该如何度过那么多闲暇的时光。因为小儿麻痹症，我自出生后身体就不好，行动不方便，但很幸运，爸爸教会了我认字，教会了我查字典，而字典又成了我阅读时的拐杖。在阅读中，我学会了坚强和勇敢，学会了宽容和自立，学会了付出学会了分享学会了如何去爱和接受爱。

书是我生命中最最重要的伙伴，通过阅读，我开阔了视野。我读的书很杂，却也丰富了我原本狭窄单一的人生阅历。

黯淡的青春期，我没有美丽的花衣裳，没有可以倾心相谈的闺蜜，没有贴心温暖的小男友，更没有追逐打闹的欢愉，但我拥有许许多多完全不同的书籍。天文、地理、历史、故事、旅游，不同的书籍教给我不同的知识，让我见识到世界的辽阔和人类的伟大。

那么多美丽纷繁的故事，那么多遥远而神秘的旅程，那么多令人敬仰的平凡人，那么多身残志坚的前辈……是他们陪伴我度过了最美好的青春时光。

载于《辽宁青年》

一缕书的清香，一次心灵的旅程。真的很难想象人生的路上如果没有书，我们的世界将会变成多么不堪的模样。

第五辑

再见，仙人掌女生

她确实很傲慢、确实出言不逊、确实不招人喜欢，但她也不应该被孤立成孤家寡人，就连快乐都没有人愿意和她一起分享。被她伤害过的事，早已随着时间的流逝而风消云散了，我不记恨她，只是在心里更加佩服她的才华。想过要走近她的，但我找不到走近她的理由和方式。

林书豪：就这样告别“路人甲”

文/崔修建

在你的才华还无法跟上野心时，就静下心来努力。

——卢思浩

他生于1988年，祖籍浙江省嘉兴市平湖。五岁那年，父母为了锻炼他的体质，开始让他学习打篮球，但父母从未期望过他有朝一日能成为篮坛明星。在父母看来，打篮球只是他的业余爱好，好好读书，才是第一位的。

高中毕业后，他进入了哈佛大学，主修经济学，副修社会学。学习成绩优异的他，在大学里依然是篮球场上的“风云人物”，他还带领哈佛大学篮球队取得了常春藤联盟分组冠军。

然而，他的NBA之旅的初期却不断地遭遇挫折：先是参加NBA选秀失败，好容易被金州勇士队签约，成为NBA球员，他却没得到球队的重视。整个赛季，他只是一个上场时间极少的替补，更多的时候他是饮水机的看守，负责为队友服务。

2011年12月，他先是被勇士队裁掉，接着被火箭队放弃。在他一再失望时，纽约尼克斯队选择了他，但连一份最低的保障性合同也不肯与他签，还将他一度下放到发展联盟。被召回后，他仍是排位近乎最后的板凳队员，出场的机会和时间均少得可怜，随时面临着被解雇的危险。

正当他苦恼着几乎无球可打时，他所在的球队又连遭败绩，恐怕将无缘季后赛。两大主力安东尼和斯塔德迈尔，又同时因伤、因事缺阵，教练位置也岌岌可危之时，他这个在NBA联盟一直“不入流”的小人物，临危受命，作为球队绝对主力，被连续安排首发出场。而他也牢牢抓住了难得的展示自我的机会，在赛场上进行了一系列堪称精彩绝伦的表演，屡屡刷新各种数据。

他带领球队从2012年2月6日开始连克强队，以豪取七连胜的骄人战绩一跃成为NBA赛场上最耀眼的明星。只要有他的比赛，主场和客场均爆满，经常出现主队、客队的球迷一同狂热地呼喊他“MVP”的景象，他的光芒甚至盖过了NBA最大牌的明星科比、詹姆斯等人。很快，他就成了不只是美国人钟爱的“平民英雄”，全球众多的媒体都开始关注他，人们亲昵地称他“国际林”。美国总统奥巴马也多次称赞他那“伟大的故事”，他从借住在队友家的沙发上的默默无闻的“路人甲”，迅速爆红为家喻户晓的巨星，登上了《时代周刊》亚洲版的封面，他的传奇故事，甚至超出了好莱坞编剧们的想象。

他就是当下无数人热烈谈论的NBA赛场上冉冉升起的新星——华裔球员林书豪。

毫无疑问，林书豪已当之无愧地成为众人追捧的英雄人物，成为一个非常典型、非常有震撼力的励志榜样。面对林书豪从“青蛙”到“王子”的瞬间戏剧性转变，人们感慨纷纷：“没有什么是注定的”“一切皆有可能”“奇迹是可以创造的”“真金是不会被埋没的”“机遇需要等待”“给了机会，就要抓住”……许多人都从他特殊的经历中，受到了心灵的震撼和启发，都不禁在慨叹他的传奇故事的同时，开始反思自己的人生之旅。

那么，究竟是什么原因，让一度不为人注意的“路人甲”林书豪，在短短的十多天里，变得那样炙手可热呢？有人说，是他具有很好的篮球智商，他是用脑子打球；有人说，他能顶住挫折，能坐住冷板凳；有人说，是他早已练就了超人的实力；有人说，是他找到了爆发的机会；有人说，他的谦逊和坚韧，为其赢得了信任和支持……

这些理由似乎都依据充足，然而，深入探究一下，我们就会发现：林书豪之所以能书写震撼人心的奇迹，根本原因在于他心头拥有强烈的热爱。正是对篮球发自内心的热爱，高一时，个子还不足一米六的他，没有在意同学们的嘲笑，苦练球技，硬是打出了自己的名气。进入哈佛大学后，学业优异的他，更是出于对篮球运动的酷爱，一直在不断地进步。所以，他今天的成功，首先应该感谢他一直不曾放弃且越来越强烈的对篮球的热爱。正如他在接受纽约一家媒体记者采访时所说的那样：“我所做的一切，都是为了真正热爱的东西，为了让自己的生活变得更有趣。”

是的，满腔的热爱，具有着神奇的力量，它能够激发斗志，能够让自己全身心地投入，能更好地挖掘出自己的潜能，帮助自己战胜种种磨难。正是一路追寻自己内心热爱的事情，林书豪才能忍受住那么多的冷眼、讥笑和淡漠，才能不顾许多教练固有的“黄种人的篮球水平，只有美国高中生的水平”的偏见，用刻苦的训练和赛场上无可辩驳的表现，征服了大家，证明自己足够优秀。

当大家都在惊叹林书豪的“横空出世”时，请一定别忘了这位哈佛大学的高材生，其实，他早早地就在心底种下了一颗热爱的种子，并不断地浇灌和培育它。他内心满怀的热爱，让他不停地追逐英雄般的梦想，无论身处怎样的逆境，他都能以淡定、坚韧的心态，耐心地等待机遇。而一旦机会降临，就绝对不肯错过，一定要抓住它，珍惜它，让梦想成真，彻底告别“路人甲”的角色。

载于《高考作文素材》

如果你有梦想，请一定呵护它。因为它是你的梦，它是你最想过的生活，是你最想成为的那个样子！

再见，仙人掌女生

文/冠　豸

青年时期是豁达的时期，应该利用这个时期来养成自己豁达的性格。

——罗素

一

我一直都不明白，这世上怎么会有像张亚飞这样的女生。她那么聪明的脑袋瓜子，怎么说话时就不经过大脑，可以完全不顾及别人的感受。而且还语不惊人死不休，句句话语犹如白光晃晃的利剑，直刺得人伤痕累累。

大家刚开始做同学时，长相秀美，成绩优秀的张亚飞在班上很受欢迎。虽然她说话傲气一些，但大家并不在意，因为她确实厉害，各科成绩都排在班级前列。课堂上，有什么难题解不出来，最后一个被老师钦点的人，一定是她。

就连各科任课老师聚在一起聊天时，都会不由自主地称赞起她是个难得的美貌与智慧并存的女生。但在后来的交往中，她却渐渐成为全班同学最反感的“毒舌”。

班会上，大家讨论问题起分歧时，张亚飞会突然瞪着双眼来一句:“你们懂什么呀？废话那么多，在这里谁说了算？”一句话，噎得大家哑口无言，就连老师听后，也一脸诧异。

还有一次自习课，不知张亚飞又和她的同桌争论什么问题，两个人争得面红耳赤，在谁也说服不了谁时，张亚飞站起身，指着她的同桌大声说："我张亚飞说这样就是这样，你懂什么啊？你懂每次还考那么点分数，也不害臊？"同桌的女生，一时窘迫得泪如雨下。一下课，她就去找老师要求换位置，说什么也不想与张亚飞同桌了。

那个女生的心情我明白，因为我也被张亚飞伤害过，而且是当着全班同学的面，让我下不了台。

二

那时还在初一，我的一篇参加学校征文的文章被老师推荐给市日报，居然发表了。文章刊出的那天，语文老师特意带来了刊登有我文章的当日报纸，不仅在课堂上表扬了我，还让我上讲台朗读这篇文章。心底欢喜的我却有些害羞和难为情，当着那么多同学的面读自己的文章，多别扭呀！

在我犹豫不决时，同学们的鼓励和掌声给了我无穷的勇气。我刚想站起来，身后却突然传来一句让我难堪得想立马消失的话："什么好文章呀？都发报上了，还怕念出来给我们听？是不是抄袭来的？"不用回头，光听声音我就知道说这话的人是谁。

教室里倏然地安静下来，我知道所有的目光都在盯着我，强忍着难堪，我还是走向讲台朗读了那篇文章。原本愉悦的心情，却因为她的一句话变得糟糕透顶。我恨死她了，凭什么怀疑文章不是我写的？仅仅就因为她的成绩比我好？

在这事之前，我们之间并无矛盾。她成绩好，每次考试都独占鳌头，我也替她感到高兴，毕竟她是我们班的骄傲。一直以来，我们没说过什么话，可我在心里羡慕她、佩服她。虽然班上有很多同学不喜欢她，说她傲慢，目中无人，还有的说她刻薄，没人情味，但我从不参与这类评论。我始终觉得她很优秀，是我学习的楷模，但我没想到，她居然会当众中伤我。

在朗读文章时，我偷偷地瞥了她一眼，没想到，她也正漠然地盯着我，目光寒冷。那冷漠的眼神，让我禁不住打了一个冷颤。但倔强的我，却故意扬起头，刻意提高音量，声情并茂地朗读自己的文章。我就是要气气她，挫伤她的锐气。

心有芥蒂，我们成了死对头。

张亚飞依旧一次次口无遮拦，她伤害了很多同学，渐渐的，她被大家集体孤立起来了。虽然她的成绩依旧名列前茅，但再也没有同学和她交往。

三

看着每天独来独往的她，我都有些替她难过，第一名真的有那么重要吗？与人说话，客气些，收敛些，就那么难吗？我不知道在她瘦弱的身体里，到底有多大的承受力？她那张青春、美丽的面孔，真的就挤不出一丝笑容来吗？

她每天都是第一个到学校，最后一个离开。上课时，她总是目不转睛地盯着黑板，就算教室外面发生了什么事，她也不会转头去看。除了写作业外，她就看书。特别是那次我的文章上了报纸后，我注意到，她走出教室的时间更少了。每次课间休息，她都抱着书本在看，或是拼命地在写东西。

学校里时常举行各种比赛。有一次，一个男生参加学校的“历史知识竞赛”获得了第一名，那次竞赛，张亚飞也参加了，但她仅获得第三名。

在班主任表扬那个男生的时候，我亲眼看见张亚飞一脸沮丧，眼中流露出深深的失落。在大家为那男生鼓掌叫好时，她却趴伏在桌子上，肩膀在抖动，不知道她是不是哭了？我想不明白，没得第一名就要伤心成那样吗？冠军往往只有一个，参与了，并且尽力了就可以，为什么非得第一呢？再强的人，也不可能面面俱到每一方面都比别人突出呀。

我想，凭张亚飞那么聪明的脑袋瓜子，她应该想得明白的，但她为什么就不能释怀呢？为什么事事都要与人较劲？让自己像只“惊弓之鸟”。心弦紧绷的日子，会过得快乐吗？是否只有得到第一名，她才能得到她想要的快乐？

心底莫名地有些怜惜起她来，望着她渐显疲惫的面容，黯淡的眼神和每天孤单的背影，我都有些难过。这个要强的女生，她终究是把自己搞得太累了。她的身边连个分享快乐，分担忧伤的朋友都没有，十四、五岁的年纪，她真的就那么不在乎友谊吗？真的就天马行空，无牵无挂吗？

有时，我很想走近她的身边，轻声对她说：“亚飞，我们大家一起出去玩玩吧！”但一看见她凛然的眼神，我又会退缩。我也有自己的尊严，在被她伤害过一次后，我没勇气再去自找没趣。

她的书包永远都是满满的，里面只有书，而我们的书包里，时常会装着我们女生喜欢的小饰物，偶尔还会有一两包未开封的零食；她总是孤单的一个人，而我们却呼朋引伴，玩得兴高采烈。

见我们大声喧闹时，她会冷不防冒出一句：“真是幼稚！”没有人理睬她，大家依旧玩得尽兴。只是我，听到她这样说时，心里不禁会想，我们天天这样嘻嘻哈哈的，是不是真有些幼稚？但像她那样，是不是也太累了？

望着窗外蔚蓝如洗的天空，我的思绪不由得有些恍惚起来。我不知道，这段青春的时光，我们要如何走过，才会无怨无悔。

四

升上初二时，班会上竞选班长，张亚飞得到了前所未有的“唯一一票”。老师惊得目瞪口呆，她怎么也想不到，她的得意门生，居然只得到她自己投的那一票。

嘲笑声四起，大家都在窃窃私语，这个傲慢的张亚飞第一次尝到了众叛亲离的滋味。她自己投的唯一一票，像一把尖刀般，把她的心割得支离破碎，我看见了她濡湿的眼角和眼中闪烁的泪花。她再不在乎，也难以面对这样的情形吧！那段日子里，她高昂的头终于低垂下来，凌厉的眼神变得涣散而呆滞。

老师又来宣布好消息，说张亚飞的一篇散文在省里的征文中获得了唯一的特等奖，市里的电视台准备来学校采访，要同学们帮忙配合一下。“配合啥呢？我们都不熟悉她。”“得奖是她的事，跟我们有什么关系呢？”同学们嘀咕着，没一个人为她高兴。

“这是我们班的光荣，大家应该为张亚飞同学高兴才对呀！”老师兴致勃勃地说。“高兴啥？又不是我们得奖。”一个同学说。“你们怎么能这样对待我们的张亚飞同学？太不友好了吧？”老师见大家反应冷淡、事不关己的样子，有点生气了。“她平时又是怎么对我们的，你怎么不去问问她？”一个男生直言。

老师看着大家，沉默了片刻，这时，张亚飞站起来了，她哽咽着说：“谢谢老师，帮我取消这个采访吧！”说完，她就趴在桌子上小声地抽泣起来。我们面面相觑，心底也有说不出的难受。

放学后，张亚飞失魂落魄地走出校门。她的大书包像一座沉重的大山压在她背上，她默然地走着，在晌午的太阳下，她的背影是那么地落寞和孤单。我远远地跟着她，心里有种被灼伤后的难过。

她确实很傲慢，确实出言不逊，确实不招人喜欢，但她也不应该被孤立成孤家寡人，就连快乐都没有人愿意和她一起分享。被她伤害过的事，早已随着时间的流逝而风消云散了，我不记恨她，只是在心里更加佩服她的才华。想过要走近她的，但我找不到走近她的理由和方式。

五

张亚飞穿过悠长的解放路后，径直去了路尽头的祥云公园。公园里树木郁郁葱葱，绿草如茵，晌午的缘故吧，偌大的公园里，居然没有人。

张亚飞坐在树荫下，身后有块巨大的石头挡着。一放下书包，她就抑捺不住地哭泣起来，“嘤嘤”的哭泣声里充满了委屈。我远远地站着，看见她的双肩在不停地抖动。

她委屈？她委屈什么呢？一直以来，她确实是高高在上目中无人，要不，她会是今日这样的情形吗？但我依旧是怜爱她，为她的才华所折服。

她哭得太投入了，没注意到我的出现。走到她身边，把纸巾递给她时，她才看见我。“没看过人哭吗？还跟踪我？”她抹着泪说。

“我……我……”我把纸巾递到她手上，支吾其词。

“我什么？看我笑话？”抹去泪水，她冷漠而戒备地盯住我。

我笑了一下，说：“你从来就不需要朋友吗？一个人，活到你这份上，也确实该伤心。那么多的喜事都没有人分享，很悲哀吧？”

“我的事跟你有关系吗？我需要你来怜悯吗？”她的语气又恢复到了最初的傲慢。

“你确实很优秀，但大家讨厌你，并非是嫉妒你的才华，而是讨厌你冷漠和高傲的面孔。你是个坦率的人，但你说话的方式太直接了，让人敬而远之……”有些话我是该告诉她了，这个骄傲的女生，她被宠坏了，因为她的优秀，她总是唯我独尊，从不知道什么是尊重。

“你们孤立我，疏远我，不就是因为嫉妒吗？我的成绩都是我努力后才得来的，你以为每次考第一是那么容易吗？”她难过地说。

我看着她摇摇头，她真的该好好反省了。

那天中午，我们第一次像朋友一样坦诚相待，说了很多以前从来不曾说过的话。她开始有些抵触，但慢慢交流下去，聪明伶俐的她很快就明白了。或许是想到了许多过往的事情吧，当我注意她的眼睛时，那里面正噙着晶亮的泪花。

她默默地看着我，脸上有惭愧的表情，好一阵后才说：“对不起！我从来没想过，自己的话语会给你们带来那么多的伤害……我以前争强好胜，从来不服输，我一直认为，只有让自己强大了，才会赢得别人的赞赏和友情……”她的声音哽咽着，说得断断续续。但我在她的眼睛里，却分明读到了懊悔和深深的歉意。

我以为在那次深谈后，我们会成为朋友，可是，我想错了。

六

新年过后，我们开始了初二下学期的生活，可是回到学校时，我却再也没有看见张亚飞了。后来听老师说，她父亲因工作调动，她也一起转学走了。老师很是惋惜这个一直带给她各种荣耀的女学生。

班上的同学听到这个消息后，都沉默了。虽然大家一直讨厌她，但当她真正离开再也见不到时，心里还是有深深的失落。毕竟，同学了一年半时间。

我木然地坐着，心里空空的，有种被遗弃的难过。我们曾有过那么深入的交流，我以为在那之后我们会成为朋友，以为，她听了我那么多话后，会试着改变自己，得到大家的原谅，让大家重新接受她。

开学一个月后，我突然接到了一封信，地址内详。但从字迹上，我就猜出是张亚飞写来的。确实是她的来信，她让我代她向大家道歉，说她没有勇气当着大家的面说“对不起!”当她知道父亲工作调动的事情后，她就选择了离开。

她原本可以留下的，但不知该如何面对她曾一次次伤害过的同学，离开或许她才会有新的开始……信写得很诚恳，满满的都是歉意。但我的心依旧痛楚，我不知道，这次的逃离，是否真的能带给她新的开始？她真的重新审视自己了吗？真的能改变自己吗？

她连地址也没有留，我想，她是想把过往的一切统统都忘记干净吧。但我无法忘记她，心里总会莫名地牵挂。

不知现在的她，在异乡，在新的学校，是否真的开始改变了，是否真的用她的善良和热情赢得了新的友谊。我想，她会的，她一定可以做到，因为我始终记得，那天中午，在公园里，这个骄傲的女生，她那双满含泪水的眼睛里流露出的深深的歉意和懊悔。

载于《青春期健康》

我们一路走来，身边总是会出现那些闪着光亮的女孩子，成绩优异、家庭殷实。可是唯一的缺点就是让别人不能靠近，高傲且冷漠，好像浑身长满了刺。但最后她终于学会了怎么与人相处。

为他人开一朵花

文/太子光

人之为善，百善而不足。

——杨万里

周一民和林宇是同学，并且一起考进了市一中。在新的学校新的班级里，他们的关系更加密切，而且很快就和班上的同学打成一片。

可是才过了几个月，生性活泼、爱说爱闹的周一民却渐渐被班上的同学孤立起来。谁也不愿意和他多说话，更不喜欢和他玩，有些女生还公开表示对他的排斥。

周一民很郁闷，百思不得其解，问题出在哪呢？

林宇在班上有极好的人缘，和谁都能愉快地相处，谁有什么事情也都愿意和他分享或倾诉。周一民想不通，他和林宇是好朋友，是一起进班级的，可为什么他就那么受欢迎，而自己居然处处被人排斥？论长相、论成绩、论口才，自己样样都比林宇强，林宇内敛，平时话并不多，也没有刻意去讨好谁，他是如何赢得好人缘的？

一天晚自习，周一民又和班上一个叫李通的同学吵了起来。两个人都很激动，脸红脖子粗想打架，大家好说歹说好不容易才把两人劝开。但周一民在别人的眼中看到了一种叫

“鄙夷”的目光，这让他心里很受伤，他还隐约听见有个女生转身走时还不屑地说：“周一民就这副德行，有什么了不起，成天出口伤人，还说我是胖妞，哼！”

“我有出口伤人么？我好心帮他解难题，搭进时间不说，还落个坏名声。”周一民忿忿地想。

晚自习放学时，林宇先一步留下了周一民，邀他和自己一块回家。其实周一民也正有一肚子话想向林宇倾诉，他心里很委屈，而且他也想向林宇取经，如何做才能与同学愉快地交往？

路上，周一民一开口就向林宇诉苦：“做人好难，做好人更难，我好心帮他，他不领情就算了，还要和我打架，我真是心灰意冷了。”

“一民，你是不是又说了什么让人挺难接受的话？”林宇问。

“哪有说什么呀？我只不过说了一句玩笑话。我说‘你们这些高价生真不该进一中，多为难自己呀！’我是体量他，你知道他中考考了几分吗？整整比我们少了几十分。”周一民感叹地说。

林宇听后，笑着说：“如果你没讲这句，他肯定会很感激你的。”

“可我说的是大实话呀，难道还要我虚伪地赞美他几句才行？”周一民委屈地争辩。

“我们不用虚伪地讨好别人。你只要想，如果你是李通，在那种情况下，你最怕别人说你什么话？你刚才说的话，如果是别人这么对你说，你会接受吗？自尊心多受打击呀！”林宇说。

周一民愣了愣，不吭声。

林宇搂着有些失落的周一民继续说："有件事，你还记得吗？就是初中那次数学竞赛，你唯一没得奖的那次。"

"记得，那次竞赛我发挥不好，没获奖，杨钢嘲笑我，我和他打了一架。"周一民说。

"那是你第一次打架，对么？你也知道打架的后果会让你丢掉'优秀学生干部'的称号，可你还是打了，而且一点都不后悔，为什么？"林宇意味深长地说。

"谁让他刺激我？伤害我自尊，本来比赛就输了，心里窝火。"周一民撇着嘴说。

"如果他当时对你说'周一民，一次没发挥好并不代表你没实力，你依旧是最棒的'，你听到这句话，是不是感觉就很不一样？你还会和他打架吗？"林宇问。

"当然不会，不过，我记得这句话好像是你对我说的，不是么？"周一民浅笑着。

"要不，我们怎么会是好朋友呢？"林宇乐呵呵地说。

"说真的，和你在一起，我总是过得特别愉快。你说的每句话，我都特别爱听，仿佛是说到我心坎上了，特别受用。"周一民笑着握住林宇的手。

"其实，你的性格比我更好，你乐观、开朗，爱说笑，成绩又好，大家都很喜欢你。但现在别人排斥你并非妒嫉，只是有时候，你的大实话很伤人。"林宇说。

"我真的是像别人说的'出口伤人'吗？"周一民问。

"我相信你从来就没有恶意，但你换位思考一下，你就知道你该不该说那些话了。"

"换位思考？"周一民疑惑地重复了一遍。

"对呀，换位思考，站在别人的角度去想。一句可以伤害我们的话，一样会伤害别人。每个人的自尊心都很敏感和脆弱，我们维护了别人的自尊，我们就可以赢得别人的友谊。友谊不是靠虚伪地恭维别人，讨好别人得来的，只要设身处地为对方着想，说出该说的话，真诚待人就可以了。”林宇说。

“怪不得你有这么好的人缘，大家都喜欢跟你相处，原来你是最贴心的好朋友。”周一民诚恳地说。

“你也是，因为你热情、率真，我了解你，所以欣赏。但身边的同学暂时还不了解你，以后了解了，他们也会欣赏你的。只是现在你得学会换位思考，这样才能赢得属于自己的友谊。”林宇笑着说。

周一民使劲地点点头，眼眸中满是感激。他抬头看看繁星闪烁的夜空，笑了，并在心里告诉自己：为他人开一朵花，学会换位思考，改掉自己口无遮拦的坏习惯真诚待人，以后也可以像林宇一样赢得同学的友谊。

载于《少年大世界》

有的人学不会去爱护一个人，总是出口伤人，总是不顾及他人的感受，这是不好的。学会真诚、学会理解，这才是我们的必修课。

会长不忧伤

文/后天男孩

风吹起如花般破碎的流年，而你的笑容摇摇晃晃，成为我命途中最美的点缀，看天、看雪、看季节深深的暗影。

——郭敬明

曾经想不起来的事，现在想起来，都像记忆的主角，它会告诉你一个关于会长的故事。曾经差点遗失在风中的少年，现在看起来就像青春的风铃，摇晃着身子，会对你唱一首青春的赞歌。当你路过时，不妨停下来听听。

一不小心入了会

开学没过多久，便迎来社团招新活动。我还在读高中时就想过，如果某天我也上大学了，一定要加入学生会或社团之类的学生组织。在那里，我的能力将被得到锻炼，我的才华将会得到展现，我将有一群志同道合的朋友。我或许还能艳遇一次，和某女谈一场倾城热恋。

9 月的南方，太阳像一只巨大的火炉悬挂在半空中。校园里的学生就如同沙漠里行走的骆驼，就算炎热也依然表现得风风光光。

乍眼一看，操场上摆满了桌子，有一大群身上挂着荣誉奖章的少男少女，他们手上拿着宣传单，手舞足蹈、夸夸其谈。

大学也真像极了我老家的菜市场，只是这里的生意人和消费者在沟通时只用普通话，在别扭的同时又显得特别文艺。

“同学，有兴趣加入器乐协会吗?”一张大红大紫的宣传单塞在了我的怀里，我瞄了瞄，不屑一顾。

“同学，看你这么可爱、文艺，不如加入我们书画协会吧!”那一刻，我才恍然大悟，原来这世上的瘦子并不可爱，反倒是胖子长得有几分喜感。我讨厌眼前这个撒谎的胖子学长，摇了摇头。

“嗨，帅哥！赶快加入我们摄影协会哦，美女如云，想拍就拍。”骨感学姐一边抛着媚眼，一边扒拉着餐盒里的米粉。

“不好意思，我对美女不感兴趣。”我低着头，暗自发笑地说。

“哇噻，兄弟，你也对美女不感兴趣啊，那你对猛男一定会有冲动了。即刻起，加入武术协会将有大礼赠送!”说完，猛男掏出一本《易筋经》，“瞧，够意思吧!”

正当我想偷偷溜走的时候，突然，四位面带微笑的姑娘一起喊着：“学弟，加入我们语言艺术协会哟，我们协会……”

我还以为自己误入了女子协会，刚开始的惊慌失措一下子就烟消云散。

“对了，学姐，我喜欢写作，你们协会招这样的吗?”我说。

“招，当然招啊!”美女学姐扯着另一位学姐的衣角兴奋地说，那笑容分明就是茫茫人海里的一朵浪花，开得惊魂。

“对了，学弟，赶快把这张表给填好吧!”

“欢迎加入我们协会哦。”

填完表后，我感觉特别幸福，那个中午，我足足吃了两个人的饭。

我的入会风波

我以为加入了协会自己就会变得光彩夺目，于是我拼命地在室友面前炫耀。直到有天Z室友忍无可忍地说，交钱的组织是人都可以进，有本事你进学生会。

刚入大学的我初生牛犊，我实在气不过，便在学生会文艺部报了名。面试那天，我说了一段相声，我一直以为自己有演艺天分，可哪里知道在初试时我就惨遭淘汰。

从那以后，我再也不觉得自己有任何一点才能，我甚至把十几年来所有的委屈全部发泄在协会里。我不再参加例会，不再上任何一堂有关语言和文字的培训课，每当美女会长向我问及缘由时，我总有一个借口开脱。

可似乎所有的故作矜持一旦在碰到对手时就会显得苍白无力。有一天，美女会长打来电话，说是学校要办文艺晚会，得我们协会出男生搬桌子，如果不去就会被记大过。对于W大的死命令，即使我有那颗贼心也没有那个贼胆，我还是硬着头皮去了。

但让我没想到的是，在W大干苦力活还会有意外收获。那天，当我被老师表扬，奖励一条浴巾后，我才意识到自己曾犯了一个严重的错误：我不该贬低自己，即使我没有才能，但只要我有责任心，我的存在还是有价值的。从那以后，我在协会里干什么都劲头十足，只是后来让我感到一丝难过的是，学期末，美女会长去了军队发展。

我要当会长

副会长 YY 学姐升官发财的那天，我正在老家奔丧。回到学校后，我的心情变得相当糟糕，我动不动就大发脾气，好几次怒撞 YY 学姐。幸好 YY 学姐也是一个比较善良的女孩子，对于我的鲁莽，她只会莞尔一笑，然后用短信的方式给我讲一大堆道理，说一大筐好话。在 YY 学姐看来，我是一个不折不扣的好学生，她从不轻易放弃任何一个值得被提拔的家伙。

再后来，每次社团开干部例会，YY 学姐便会带上我，她要我认真听讲，做好笔记，她说下一届会长人选非我莫属。我用力地笑了笑，因为我知道要当好一名学生干部肯定要有精明的头脑，广阔的胸襟，还要有能说会道的本事。而我，一个来自农村的野娃，连基本的普通话都讲不好，哪谈得上当好会长。但是我并没有拒绝，自打我学会和人交往的那刻起，我就丧失了拒绝任何人的勇气。

如果我是下任会长，我的大学生活应该三天两头都是会议、桌子，还有酱油瓶。我还得有奉献精神，为了不占优秀会员的名额，我甚至要眼睁睁看着一张张奖状与自己失之交臂。

还好搬桌子、打酱油、凑人气的日子总算熬到尽头。大二上学期，当我以会长的姿态站在 W 大的舞台上时，才明白流下的汗水原来不仅有咸的味道，也更有甜的回味。

原来会长也有烦恼

又是一年招新时，W 大换了领导，社团和学生会同时招新。W大领导和社团主席都下了死命令，要求每个像样的协会都必须招满名额，否则好自为之。

为了突出语言艺术协会的特色，吸引新生的注意力，招新的前一个晚上，我翻遍历届活动资料、大量普及课外知识、学会说话、学会彬彬有礼，我甚至还装模作样地写了一首小诗以作为宣传语。可临阵磨枪是出不了成绩的，招新的第一天，来语言艺术协会报名的只有七名学生，而且其中一部分学生只是抱着试试的态度。唯一能肯定下来的只有两个人，他们是我的老乡。

当然，惨败的不仅有我的协会，还有好一些兄弟协会和部门。在面对如此巨大的竞争压力时，领导们终于做了战略调整，允许协会的干部晚上去寝室搞宣传、招人。

W大足足有好几幢宿舍楼，况且以女生宿舍居多。本来我这个人和不太熟悉的女生说话时会面红耳赤的，可那些晚上，不知道自己吃了什么兴奋剂，每走进一间女生寝室，我就会啰嗦里啰嗦地说一系列心灵鸡汤，我的最高纪录是连续吹了一个多小时的牛皮。那时，一些女孩子真的是听得瞠目结舌，她们还以为我是个绝顶高手。其实，我什么也不是，我很清楚当一个人顶着压力做事时，潜能往往会被激发出来。

即使我如此卖力地去做宣传，打算加入语言艺术协会的新生依旧没有多少。招新结束的前一个晚上，我打算向YY学姐请辞，让她另寻他人。可YY学姐就是软硬不吃，她非要我干下去。

她说，想当会长就当好它吧！虽然你会感觉很累，你也会因为累而觉得烦恼，很想发发脾气。但是你在学生时代都把脾气发泄完了，将来走向社会，感觉不尽如人意时，你就不会那么轻易想发脾气，就会看得更开了。

正是因为YY学姐的这句话，后来语言艺术协会成了W大最具有影响力的组织，我也就此成了老师身边的红人。

在我担任会长的那些年，我总能见到那样一朵火红的木棉花，它开在墙角，含蓄、卑微，却绽放得异常热烈、奔放。

载于《高中生》

我们都曾那么拼命地去熬过一段艰难的岁月，后来发现那只是为了成长。

宽容的拯救

文/李代金

一个伟大的人有两颗心：一颗心流血，一颗心宽容。

——纪伯伦

“杨小海偷了你50块钱！”一个同学跑来对张志军大声说道。张志军听了就呆了，杨小海偷了我的钱？杨小海是我的同桌呀，我俩关系还挺不错的，他怎么会偷我的钱呢？张志军边想边说：“你看清楚了吗？”那个同学说：“我亲眼所见，还能有假？我看到他从你课本里翻出来50块钱，然后把钱装进了自己的口袋！”

那50块钱是母亲给张志军的零花钱呀，张志军很生气，他埋怨自己太不小心了，把钱放在了课本里。他知道事情的严重性，杨小海是不会承认这事的，要是关系弄僵了，对大家都不好。张志军说：“你弄错了，杨小海不是小偷，那50块钱是假钞，他知道我有假钞就叫我别花，他肯定是怕我拿去花惹出麻烦来，所以才拿走了它！”同学说：“哦，如果是这样的话，你还得感谢他！”

这天下午，张志军拿出自己的课本，发现有异样，翻开一看，里面有一张纸条，还有50块钱，正是自己的钱。张志军打开了纸条，上面写着：

“张志军，对不起！上午我看到你放了50块钱在课本里，趁你不在的时候就偷了，我那么小心，没想到还是被别人看到了。后来我看到他来找你，告诉你说我偷了你的钱，可是你却告诉他说钱是假钞，说我是为了帮你才拿走钱的。我原本以为你会找我闹，或者去老师那儿报告，没想到你会这么做。谢谢你在同学面前说我的好话，你对我这么好，我却偷你的钱，我太对不起你了！钱，我还给你，以后，我再也不干这样的傻事了。谢谢你，我的好同桌——杨小海。”

捧着纸条，张志军笑了。其实，张志军跟同学说话的时候，他发现杨小海就在他们后面，他知道不能得罪杨小海，否则以后杨小海还会跟他过不去，所以他才在同学面前替杨小海解难，说了他的好话。而杨小海，竟误以为他是一片好心，是真心宽容他。张志军突然明白，只要肯宽容别人，哪怕只是一句温暖的话，就足以唤醒人心深处的良知，让人重新面对人生。

载于《青年文摘》

在很大程度上，宽容一个人，就会拯救一个人。无情地打击和报复，只会让事情闹到不可收场的地步。

我很好，那么你呢？

文/阿　杜

彼此恋爱，却不要做爱的系链。

——纪伯伦

一

收到林威的信时，我已经上高一了。

初中毕业后，林威随工作调动的父母去了大连。他走的时候，我正在外地旅行，那是父母对我中考成绩的奖励。其实就算没有去旅行，就算知道林威要走，我也不可能去送他，怕误会。我知道林威对我好，甚至可以说是喜欢我，但我不想过早地陷入感情的漩涡，让自己将来后悔。

我是大家眼中的乖乖女，但我不是没有情感的“木头人”，林威那么明显的举动，任谁都能够看出端倪，我又怎么会看不出来？但一直以来，我佯装不知，在他面前装傻充愣。我对他也有好感，但我得克制自己的感情，我不想因为一时的冲动害了两个人的前途。

表姐的前车之鉴对我有深远的影响，她为了一个男生荒废学习，被抛弃后就割脉自杀，虽然被救回来了，但荒废的时光却无法倒流。高考落榜后，她匆匆步入社会，这不是表姐想要的生活，但她已经没的选择，曾经绚丽的梦想就永远只能是梦想了。她说她连活着的力气都没有了，还谈什么梦想？

望着表姐忧郁的眼神，我就慎重地告诫自己：就算我喜欢林威，也要谨记保持和他之间的距离。林威很好，我也很好，我怎么忍心让我们的将来一片黯淡呢？

二

林威是学习委员，不仅成绩好，再加上俊朗的长相，在班上颇受大家欢迎。我也想不明白，他为什么就单单对我另眼相看呢？难道就因为我是班长吗？毕竟长得比我好看，成绩也不差的女生比比皆是。

林威无论是公事还是私事，他都是站在我一边的。开班会时，我的提议，他总是第一个附和，而且会找出充分的理由加以佐证。偶尔，有同学提反对意见时，我还没搭腔，林威就已经滔滔不绝地和对方辩论起来。口齿伶俐的林威，旁征博引，深入浅出，往往几句话就驳得对方哑口无言。只是赢归赢，在最后的胜利时刻，林威并不得意，而是会巧妙地补上一句话，给正陷入尴尬的对方一个合理的台阶下，皆大欢喜。

看着一脸真诚而又充满智慧的林威，我有时都很困惑，我真的能坚守住不对他动心吗？我所表现出来的对他的不屑，真的没有破绽吗？无论我怎么对他，他在我面前都表现出十足的诚意，害我被同学嘲笑是“木鱼脑袋”。

我当然不是“木鱼脑袋”了，好几次我都快撑不住，想痛痛快快就接受林威的告白，然后轰轰烈烈地喜欢一场，至于未来，那么遥远，谁知道又会发生什么事呢？但一想到表姐荒芜的眼神，我就只能硬起心肠。

我希望我们都能够快乐地成长。虽然林威长得高大，已经有一副大人的架势，但我们稚嫩的双肩真的能够承担起感情的包袱吗？

三

面对林威的示好，我一如既往地装傻，在他表现出准备告白的样子时，匆匆转移话题，不让他轻易把“喜欢”说出口。我怕自己不知如何回应，拒绝他，不是我真心想的；但接受，我又害怕最终伤害了彼此。

矛盾又惶恐的心情起起伏伏，我想看见他，却害怕面对。他总跟着我时，一颗心是雀跃的，但我却故意拉长脸，不用正眼看他。他和别的女生有说有笑时，我的心又沉沉的满是失望。我努力装作云淡风轻，努力表现出讨厌他的样子。没有人知道，在我装作一脸不屑面对他时，我的心里有多难受。

真希望他能够明白我的心思。看着他已经有些下滑的成绩，我开始担忧。我在考虑自己的行为是不是正确？是否像其他同学所说，我是在用“欲擒故纵”的方式刺激他？或许，接受他，我们还可以一起进步？

我不知道，我要如何做才是最好的方式。“冷处理、逃避”是我仅能想到的办法，我以为这样才不会伤害他。但他是林威，一个张扬又骄傲的家伙，我的不回应反而更激起了他的好胜心，他采取的方式越来越多，也更明目张胆了。

我的优柔寡断最终使事情变得复杂起来。林威不仅给我写纸条，面对我的不回应时，他还变本加厉，居然在上课时给我写长信。信被老师缴获时，林威这个学习委员第一次和老师发生了冲突。

我不知道那些天，林威都想了些什么，会不会恨我？班上的同学都知道林威对我的好，各种版本的故事在学校盛传，很多喜欢林威的女生早把我看成了“眼中钉”。

四

一天傍晚，在放学路上，一个喜欢林威的外班女生带着一群人气势汹汹地拦住了我。

我想绕开，但那女生一把拽住我的书包，狠狠地推了我一把。躲闪不及，一个“趔趄”，我重重地摔在了地上。

围观的人很多，那女生高声喧哗：“大家快来看看这只狐狸精的虚伪面目……”

其他几个女生跟着起哄。我低着头，倔强地爬起来，虽然手擦破了皮，正隐隐作痛，但我不管不顾了，一脸愤然地盯着她。

“你以后离林威远一点，要不然，有你好看的!”女生撇撇嘴，警告我。

女生的话证实了我的猜测，于是，我冷笑道：“林威是你什么人？你这么厉害为什么不让他离我远远的？你有这个魅力吗？”

林威拒绝过很多女生，或许她就是其中一个，她居然把怒气发泄到我身上了。于是在那女生骂我时，我不屑地说：“林威算什么？只有你会喜欢，他的死缠烂打让我不胜其烦，拜托你，以后看好他。”在我转身想离开时，我没想到林威居然站在了我面前。

心里一阵慌乱，我含糊其词却解释不及了。林威怒视着我，说："对不起！原来我一直自作多情。"多想告诉他，我不是这样想的，但由不得我解释了，思忖片刻，我接着他的话说："好自为之。"

走远后，我还是不敢回头，我害怕看见林威一脸愤怒的样子。一直以来，他都是被人追着、捧着的，没想到我会给他一个那么大的打击。

五

一直到中考结束，林威再也没有打扰过我。

有时看见他落寞的背影我会后悔，觉得不该那么伤害他，但看见他渐渐回升的成绩时，我又觉得自己没有做错。就算被他误会，但只要他能够把心思放回学习上，我无所谓，毕竟这是我唯一能够为他做的事。

我没想到，林威去了大连后还会给我写信，信的内容很真挚，他再一次在信中询问我："当初为什么拒绝他？"

林威真的不明白吗？他才是真正的"木鱼脑袋"。

望着窗外幽蓝的夜空，我想着自己的美丽心事，偷偷乐了。我准备给他回复一封长长的信，我要告诉他，我不是没有感知的"木头人"，只是在不对的时间里，我不想让对的人错过了。如果他的喜欢够真诚，那么请给彼此三年的时间，相约在我向往的美丽大学校园。

六

林威，我很好，那么你呢？我希望你好，就像初相识一样。

三年的约定，你能坚守并兑现吗？

我期待。

载于《才智》

初恋是美好的，就像是羞于开放的花，我们会希望对方好，所以固执地停留在原地，不愿往前一步。这正是初恋最可贵的地方，你呢，还记得那些年遇见的他（她）吗？

最“难缠”的女生

文/安一朗

友谊是一棵可以庇荫的树。

——柯尔律治

一

班上的女生中，白沫沫是我最好的朋友，我们算是“不打不相识”了。

刚上初一时，为了在老师和同学眼中留下好印象，顺利当上班长，我们明争暗斗，比成绩，拼人缘。我小学时当过六年班长，我觉得上初中后继续当班长是理所当然的。没想到来自另一所小学的白沫沫，也连任过六年的班长，她觉得“班长”这个位置非她莫属。

我们都不服气对方，心存芥蒂，但表面上，我还是装出一副大度的姿态，以博得众人的好感。眼尖的白沫沫马上发现了我的小伎俩，她不屑地说：“装什么装？明明心如针眼，还搞得自己心胸有多宽大一样。”

计谋被她当面揭穿，心里虽然不舒服，但我不能跟她计较，就是装，我也要继续装出一副“宰相肚里好撑船”的架势。竞选班长的事马上要进行了，我可不能在这节骨眼上翻船。再说了，我努力了那么久，哪能轻易地放弃呢？

白沫沫见我不接招，没折了，她愤愤地说："你可真有能耐！"我笑笑，不置可否。结果不出所料，我以高票当选班长，白沫沫只能"心不甘情不愿"地协助我，当个"副班长"。

老师公布选举结果时，我偷偷地瞟了她一眼，没想到，她正怒视我。我一脸明媚笑容，朝她挥挥手，气得她直翻白眼，一个劲地抓狂。

放学后，白沫沫在路上拦住我。她站在阳光斑驳的树荫下，等我走近时，扬着头说："等等，走那么快干吗？心虚呀？"我最恨别人威胁我，于是不屑地回应："手下败将，有什么好心虚的？"

"你还真得意呀？当个班长了不起吗？"她撇嘴说。我看她愤怒的表情，紧蹙的眉头，不觉好笑，当然了不起啦，要不，你难受什么呢？但仔细想想，我觉得我还是不能和她闹翻，毕竟以后得和她配合，万一她总使小性子，那工作还怎么开展呢？

思忖片刻之后，我缓缓地说："我们讲和吧，以后还得一起协助老师搞好班级工作呢。"她正摆好架势准备和我"唇枪舌剑"一番，没想到我会这样回应，一时有点闷了。"我想，你比我大度包容，这点小事，应该可以做到吧？"趁她没说话，我再退了一步。

"以退为进"，武侠书里都是这么说的。她果然收起了咄咄逼人的表情，再也没吭声。

二

白沫沫真是一个难缠的女生，别看她表面上顺从我了，但每次班会课，我提一个建议后，她接过话茬儿，不反对，却总是另有主张。害得我每次为了说服她得费尽口舌，有时，我提的建议考虑不够周全时，就会被她“反将一军”，陷入被动局面。

累死了，这个班长当得我精疲力竭。首先我在学习成绩上不能输给她；为了得到大家的拥护，我还要尽可能地和大家处好关系；为了起表率作用，让大家对我有个好评价，我不能和她抬杠，得考虑大局，还得时时站在她的角度上考虑问题……这一年的班长当得很辛苦，可我又不愿意把“班长”的职位让给她。

白沫沫学聪明了，她不再当面发难，就算我说的话她很反对，她也不会马上嚷嚷，而是微笑着分析利弊，直切要害，一语就让我哑口无言。

有一次老师提议我们班进行“学雷锋活动”，我看别的班不是去扫大街，就是到街上清洗小广告，要不就是到老人院帮帮忙，于是建议也这么做。

老师正准备拍板时，没想到白沫沫举手了，她说，这么做好是好，很简单，但没一点意义，不过就是走形式。老师听了白沫沫的话后，愣了一下，让她继续说。于是白沫沫口若悬河，发表了一通大道理，最后她说：“我觉得，我们要做就得真诚一点，做些有意义的实质性的事，而不是摆摆花架子，走走形式。无论是去扫大街，还是清洗小广告，或是到老人院帮忙，我们都要持之以恒，当一件事来做，长期进行……”

没有掌声，白沫沫的话结束后，大家面面相觑。有同学在底下轻声嘀咕：“谁有那个劲长期去扫大街呀？这个白沫沫太爱表现了吧？”“要长期扫就她自己去，我倒要看看，她能坚持多久呢？”“还持之以恒呢？吃饱了撑的。”……

白沫沫应该也听到了大家的非议，我以为她会收回自己的话，毕竟我们平时在家是连碗都懒得洗的人，真能坚持吗？再说了，“学雷锋活动”，不就是走走形式吗？看大家的反应就知道没有人会支持她，这白沫沫真是“聪明一世，糊涂一时”，这不是给自己找罪受吗？还让同学怨声载道。

我看了她一眼，希望她不要坚持下去，没想到她却是将矛头指向了我。当老师询问大家的意见时，没有人吱声。白沫沫又站起来，环视众人一眼后，说：“这事，我想听听班长的意见。我想，班长肯定会支持我的，就算别人不参加，班长也一定会参加，就算只有我们两个人，我们也要做起来。”

有人鼓掌了，还有人起哄：“那就你们正副班长去吧，我们不奉陪了。”

白沫沫到底想干吗？让我下不了台，表明她比我高尚？突然间想到她在老师面前这样激我，如果我不支持她，那不就……没有选择，我只能支持她了。

“你们真的会长期做？”老师的话让我捉摸不透。

“我们会的，请老师相信我们。”白沫沫肯定地回答，同时替我也做了保证。

三

我真是恨死了白沫沫，这个难缠的女生，她设计拖我下水。

从那时起，我每个周末都不能自由活动了，我得跟着白沫沫一起去老人院，陪老人说话，有时唱歌给他们听，有时喂饭给他们吃，做一些我们力所能及的事。

我还注意到一件奇怪的事，在我面前难缠带刺的白沫沫，一到老人院就像变了一个人，她脸上挂着亲切的笑容，柔声细语地和每一个老人说话。那些老人似乎也特别喜欢她，一看见她来了，都会咧开嘴笑，沟壑纵横的脸上笑成了一朵朵盛开的雏菊。

“妹妹来了。”他们看见白沫沫时，都会这么叫，听得我头大。这个白沫沫，真有那么大魅力？连老态龙钟的爷爷、奶奶都那么喜欢她？虽然他们也很亲昵地拉着我的手，但我感觉我是沾了白沫沫的光。

我第一次听到白沫沫唱歌，她唱《九九艳阳天》，唱《弹起我心爱的土琵琶》，歌声嘹亮，音域宽广，惊得我掉了一地的鸡皮疙瘩。她还真是深藏不露呀，会唱那么多红歌。虽然我也唱，但我只会唱现在流行的歌，那些老人都不爱听。

去了几次后，我渐渐也和那些老人熟悉了。原来他们叫“妹妹来了”，其实是说“沫沫来了”。而且我还从老人嘴里知道，沫沫经常去看望他们，有时自己去，有时和爸妈一起去，每次去都能给他们带去很多快乐。老人和我说话时，我转头看了看在另一边正和颜悦色陪一个老大爷说话的白沫沫，突然觉得她是一个那么恬静美好的女孩子。

一个颇像我外婆的老人待我特别好，每次我去，她一看见我，就会情不自禁地牵住我的手，然后嘴角抖动，似乎有很多话想对我说。但我知道老人永远也无法说出一句我听得懂的话，她是聋哑人，支支吾吾中，发出含糊不清的几个音。沫沫告诉我，老人的亲人都不在了，她现在孤身一人。老人的目光充满了慈爱，怔怔地望着我，让我想流泪。

就像经历了一场洗礼，每次从老人院回来，我对人生的看法和想法似乎都变得更加纯粹，对白沫沫也有了全新的认识。她并不如我表面上看见的那般难缠，她的心如水晶一般晶莹剔透，她在老人们面前甜美微笑的样子才是真实的她，那么美丽，那么善良。

我很庆幸我没有错过和白沫沫一起到老人院看望那些年迈、慈爱的老人家，他们对人生的通透感受将让我们受益一生。每个老人都是一个宝。这是白沫沫对我说的，她还说，她知道我一定不会拒绝她的提议。

好朋友没有固定的模式，我们在竞争中找到自己的乐趣，在一起去老人院的时间里，我们不约而同都想到了一起。这个难缠的女生，其实她是那么可爱，值得我用心交往。

载于《快乐青春·绝妙小小说》

我们都曾在某一个时间点，碰到那个“难缠”的人，我们斗嘴、玩耍，也在一起进步。如果有机会，请大声告诉他（她）：谢谢你曾陪我走过芳华！

葛藤依依，千丝万缕

文/商艳燕

春蚕到死丝方尽，蜡炬成灰泪始干。

——李商隐

常常会想念一个女子。

20 年岁月如风消逝，自己的面庞已然不再有青春的颜色，作为一个女孩子的年纪仿佛隔了万水千山般遥远。不会再为赋新词强说愁，也不会再有无言独上西楼的萧索。那样的年纪原本应该无忧无虑，可是却没有生长出年少轻狂的花朵。很少将回忆触碰那曾迷茫惶恐的年纪，原本应该装满欢声笑语的行程里，因为有太多黯淡而难以欢喜地回首来面对。

可是，在那暗暗的如灰尘般散去的日子里，始终是有一抹微光决然地闪着光辉。她曾轻抚过我自卑敏感的脆弱，她曾悲悯叹息过我的聪慧，她曾于那五十多个别无二致的孩子中，缓缓地向我散出温暖，带我从心灵的迷失里找到现在的方向。

无论如何想象不出她今时的模样，不愿意将 20 年的风霜刻画在她的面庞上，不愿意想象她鬓边也会染上白雪的沧桑。在我已越过她当年青春风采的年纪后，她却从不曾老去。

总是会想念那些清晨，她抱着厚厚的一摞书本，微笑着走向我们，细密的阳光洒满教室的每一个角落，像她的笑容，温婉美丽地照耀着每一个孩子的心。

我们在上初中，她刚刚大学毕业，二十多岁，不是我们的班主任，她教语文。我们都不喜欢语文课，因为总是朗读背诵分段概括这些枯燥的事情，我们也不喜欢写作文，每次作文都像在应付差事。孩子们的心事怎么会写到作文里去呢，没有人肯听我们的真话。

可是我们喜欢她，她总是面带笑意，虽然有时也会板起面孔，她那么年轻，但就连最调皮的孩子都不会在她的课堂上捣乱。分段、总结、概括每次都是一样的，我们总是给足面子地听着，因为她常常会跳开教案，跟我们慢慢地讲那故事之外的事情，听着听着一节课就结束了。

那天要讲一篇议论文，正值炎炎的夏日，是个下午，有的孩子已经趴在桌子上表现出恹恹欲睡的状态。她让我们翻开那一课，明显地看到了孩子们的厌倦，忽然叹口气，以无限难过的表情说道：同学们，我知道你们都不喜欢这一课，唉，我也不喜欢，可是我是老师，无论如何也要讲，咱们就讲得快一点，让烦恼早点过去吧。

哈哈，这一下子，所有的同学都笑了起来，因为老师多像孩子，她能准确地知道我们内心的苦闷，她替我们表达了对枯燥的不满。那样的文章我们都不喜欢，可是我们愿意忍耐着，听老师讲完，像做任务一样。她果然用飞快的速度讲了下去，好像是一个女孩子在生气却又不得不负责任地去完成工作一样，无声无息地帮我们解决了一个烦恼。可是那堂课，每一个想睡觉的孩子都在认真地听。

所以我们更喜欢每一个她来班里的早自习，早自习上她从不讲课本里的内容，不会说你们要预习或者复习，她不。她只按照自己的喜欢，仿佛那是她终于能够任性地讲自己喜欢的东西的时刻。

她说，你们每个人准备一个笔记本，来跟着我学些别的东西。

于是，每次便是一首诗或者一首词，她写在黑板上我们抄下来，跟着她一遍遍朗朗地读。就是在那些时光里，我们的内心才终于开启了一道温柔的光。原来，还有那么多美好的东西藏在我们不知道的地方，原来文字可以散发出如此迷人的魅力，原来会有那么优美的句子一直在等待着我们去品味。

年少时的忧伤就像被现实熨平的抹布，热气腾腾却又总是感觉到苦涩冰凉。她来了，如那前世温热的一壶茶，在崖边接住了我们的青春。她说：这是我唯一能够做的指引。

我认真地做着笔记，感觉每一个句子都泛着我无比的热爱。灰暗忧郁的童年结束了，另一种奇异的情怀涌上来，说不清道不明，封闭的内心忽然就这样被掀开了一角，季节的感伤便渗透进来。

10 年后，20 年后，我常常于文字的自由中想念那些时光，是她，轻轻地挽住一个少女的孤单，将她引领进文学的殿堂，而这份真实的感激也许她从来都没有想到。

那时的自己并不出众，沉默寡言，连笑容都是浅浅的，朋友很少，不喜欢与老师接近，也从未被谁真正地关注过。

我从不想得到谁太多的抚慰，情愿一个人孤单地成长。可是那次考试结束后的一次课堂提问，她却叫起了我说：“你看看，五十多个学生，你的排名在前十名，你是多么优秀啊！”

我却惭愧得很，自卑仿佛是天生的夙命，像任什么也弥补不了的伤痕一样，也许是从小得到父母的关注太少，我永远也不能自信起来。可是，那一刻我体会到老师是喜爱我的，她对我总是漫不经心的学习态度是有些焦急的。是的，我从来不举手回答问题，从来不向老师请教额外的事情，从来不活泼，一点儿都不像个青春飞扬的少女，她一定是看在了眼里。

我只是喜欢读书，读一些无用的书，我按时完成老师留下的所有作业，却绝不肯再多下一点儿功夫。我只是找来小说、散文、诗，废寝忘食地读，除了读，我便一无所长了。哪怕上体育课都一动不动，所以体育老师说："一到体育课，你就站在操场边上，一副若有所思的模样。""你要多运动，你不运动你就会变笨，你成绩怎么样啊?"一样一样问下来，他叹口气说，不运动也罢了。

我依然用沉默来持续着自己的孤独，我以为我一定是遗忘在世间的尘埃。可是那一日，发下来的笔记本上，她用大红的字，仿佛是带着恨铁不成钢的痛一般，重重地写道：你在向着深渊走去。

深渊，我望着那两个字良久，小小的内心里有着丝丝的疼，我知道，老师是多么懂我。她一直望到了我深藏着的悲哀里，她知道我是不用心地在成长，她知道我原本应该做得更好，可是我不肯。

这样的悲悯，是一个老师对孩子最痛的怜惜，可是我不肯珍惜，也不肯回头。我总是沉浸在自己营造的苦楚里，自我麻醉，自我哀伤，我陷得太深，所以不肯迎着老师的光线，健康地长大。

可是，那细微的关怀，我却始终都是铭记的。18 岁高中毕业后，我不愿意再去忍受枯燥的学习，以为工作会有些许的自由，然而只是在泥泞中慢慢煎熬，青春耗费殆尽，才知道有多少时光容不得这样的蹉跎，也终于像老师当年一样，心慢慢地疼了。她是看到了很远的我，知道我是终将会为自己的懒惰付出代价。

也幸好，曾在人生之初遇到这样的老师，那些唐诗宋词的清晨，早已浸润了我一生的文学情怀。若不是她将我们带进那所殿堂，想必我的路将走得更为崎岖，或者会与文字失之交臂。在我文字的长路上，她是第一个帮我的人。

而在很多年后，也终于读懂了她所有的宽容与悲悯，开始试着用体谅的心理解童年的一切，也读懂了被自己无限放大的苦难原来根本不值一提。而在所有的怀念里，我总希望用自己的心，真真切切地为她写一些文字，哪怕她看不到，哪怕她早已忘记了我。

总是会想念那些清晨和下课的间隙，我坐在第一排，离她很近很近，看她在一字一字地描画着什么，带着孩子不谙世事的好奇。我站在她身边观看，那是她的名字“葛依”。

在诗经中有这样的句子：“葛之覃兮，施于中谷；维叶萋萋，黄鸟于飞；集于灌木，其名喈喈。”葛藤长得长又长，漫山遍谷都有它；藤叶茂密又繁盛，黄鹂上下在飞翔；飞落栖息灌木上，鸣叫婉转声清丽。

我想，老师就是那葛藤，如读经般曼妙依依，轻灵而又飘逸，美好而又绝尘。虽在尘世游走，内心坚韧却脱不开诗经里的辗转、宋词里的优雅。

这20年，她的桃李定是满了天下，不知她可还会想起初登讲台的年代，在那无数飞逝着老去的容颜里，有一个平凡的女孩子，一直在心底珍藏着她青春的模样。她不是春雨，可是她滋润了整个季节；她不是清风，可是她吹皱了一池春水。想念或者纪念，是我对她再难倾诉的感激。

载于《新青年》

师恩难忘。那些年曾经出现在我们生命中的老师，都已经老了吧，可是他们的样子我们却一直记着。

把左手给你，右手也给你

文/芳　心

应该尊重彼此间的相互帮助，这在社会生活中是必不可少的。

——高尔基

她是我的QQ好友。

她在QQ上对我说：她是一个被父母宠大的女孩。在家里什么活都不干，饭来张口，衣来伸手。我说：一个女孩子可不能这样懒惰，将来会嫁不出去的。她说：不怕，如果遇到真心爱她的人，会包容她的一切缺点。我说：你真是个任性的女孩。

她说：在学校里，老师、同学们都很宠爱她，同桌会在上课前帮她把课本准备好。这还不算，上课的时候还要帮助她掀开作业本，把铅笔递给她。我说：你为什么不学着自立？她说：我愿意接受别人的帮助，接受别人的帮助我很快乐，别人也很快乐。

我说：你真是个恃宠而骄的女孩，离开了别人，你可怎么生活？她发过来一个大笑的表情，又发来一个害羞的表情。

她说：她的身边满满都是爱她的人，才会把她宠得这般懒惰。

我说：雄鹰不离开地面，永远飞不上蓝天，你不离开别人的帮助，永远学不会独立和坚强。

良久，她发过来一行字：是他们自愿把左手给我，把右手也给我的。我摇摇头，发过去一个微笑的表情。除了微笑，我还能再说什么呢？

好久不曾联系，我不喜欢跟这样一个游手好闲的女孩做朋友。

那天上 QQ，看到她的留言：今天我生日，十点左右，同学们会为我在网上过生日，到时候我会发照片给您。让您看看我什么样子，您愿意为我祝福吗？我回复：好！

马上到十点，端坐电脑前，等待为她祝福，虽然她不是我喜欢的女孩，但我还是愿意为她送上生日的祝福。

对话框中她的信息闪起来，我赶忙打开，是她，她发给我一张照片，是一个女孩大大的灿烂的笑脸，笑脸占据了整个画面："嗨，您好，谢谢阿姨专门守在电脑前为我祝福。您说得对，我一直是个任性的女孩，今天我 18 岁了，过了今天，我不会再任性了，我要像阿姨说的那样，做一个自强自立的女孩。"她的笑容是那样甜美，让我忘记了对她的讨厌。我在对话框里打下一行字：真诚祝你生日快乐！希望你的明天不会再是一味的依赖。

她谢过我之后，说出去和同学吃饭，便下线了。

又是长久的时间不联系。

那天我看她 QQ 空间有更新，就点了进去，空间里有一段视频，点开，我惊呆了：画面中的女孩正是照片上的她！她用脚趾头夹着笔，在本子上写下一行行字，一道道题，甚至画下一幅幅画……

接下来是她上公交车的画面，小小的一段距离，却是她

“登天”的障碍，她是那样矮小，以至于不能一抬腿就跨到公交车上去。但她使足了力气，终于上了公交车，那一刻，我有想为她鼓掌的冲动。

视频最后有一段话：如果你在街头遇到她，请别帮助她，因为她想成为一个独立自主的女孩！

我心潮澎湃，在视频下写下留言：如果在街头遇到你，我一定要帮你！一定要帮你！我愿意帮你！我眼含热泪，郑重地敲下我的心声：我愿意和你的亲人、朋友、同学、老师一样，把左手给你，把右手也给你——这个天生没有双臂、身高不足一米的女孩！

载于《北京青年》

有些人是不幸的，身体残缺，行动不便；可是同时也是幸运的，因为有那么多好心的人愿意帮助她。感动我的，不是那些好心的人；感动我的，是她活得那么艰难还想要独立。

第六辑

爱用拟人修辞的英子

许多年过去了，我一直想告诉英子，在那个年代里，她和她母亲给我们的生活以及我们每个人带来了一缕像茉莉花一样馨香的气息，甚至改变了我们的生活方式。我还想告诉她，人生中，无论发生何种变故，我都一直喜欢用拟人修辞。拥有这种心态，就有了一种积极向上的美好力量！

长达一分钟的初恋

文/朱国勇

海内存知己，天涯若比邻。

——王勃

17岁，花娇水嫩，一个年轻得让人怦然心动的岁月。

她，白净秀美，常穿着清澈如水的校服，笑的时候很是腼腆，让你觉得有一朵白云从山头悠悠飞过。可是现在，她脸色如纸，躺在冰冷的病房，即将告别这个美好的世界。一朵娇美的花，还没来得及开放，就已经凋零。

弥留之际，她双目直直地盯着病房门口，急促地喘息，喉咙蠕动着，只能发出模糊的声音。那眼睛里，分明透着一份期盼。医生说，她可能有心愿未了，或者是想见什么人，想想，有谁没来看她？

妈妈流着泪水回答："都来了，该来的，都来了。"爸爸说："一定是想她小姑了，小姑最疼她。"爷爷奶奶外公外婆小叔小婶，满满一屋的亲人，心痛而怜惜地看着她那张娇小的脸。

十多分钟后，小姑来了，一把搂住她，还没张嘴，已是泪流满面。没想到她的喘息更加急促，挣扎着，似乎想抬头。原来，小姑挡住了她的视线。

妈妈伏在她的床头，泪如雨下："孩子，你想要什么啊？"

就在大家束手无策之时，她的弟弟来了，手拉着一个怯怯的单薄男生。男生走到病床前，很局促地握住了她的手。阳光透过窗户照进来，温暖地映着他们青春的脸，纯美而羞涩。她的眼中掠过一丝欣慰，终于阖上了双眼，嘴角扬着一丝微笑。

这个男生，是她的同桌，他们并没有早恋，甚至连过密的交往都没有。最亲密的一次，一帮男生女生去少年宫，他骑着单车带她。为了防止摔下来，一路上，她紧紧地抓着底座，他的腰，她看了几下，没敢碰。可是，未经人事，情感一片空白的她，弥留之际，他却成了她最深的牵挂。她选择了他，来弥补未及绚烂的爱情缺憾。

"明天你是否会想起，昨天你写的日记……"多年之后，每当老狼的歌声响起，这个历经风雨已经结婚生子的昔日单薄男生，依然有想流泪的冲动。

此世今生，她成了他抹不去放不下的追忆和感动，他说，她是他的初恋。因为在那恍如隔世的青春岁月里，他曾是她最牵扯不下的深深牵挂；因为在那长达一分钟的盈盈一握中，两颗年轻的心，曾那么柔美含羞地轻轻荡漾。

载于《青年文摘》

"那时候天总是很蓝，日子总过太慢，你总是说毕业遥遥无期，转眼就各奔东西。"是啊，同桌几乎承载了我们对于高中的整个记忆，那些金色的年华，再也回不去了！

一定要送鞋给最爱的人

文/雪　炘

换我心，为你心，始知相忆深。

——顾夏

一

一直听说不能送鞋给恋人，否则那人一定跑。我半信半疑，在男朋友的鞋惨不忍睹时，才买了一双给他。

结果，我们分手了。

我心想，要分也不能在这时候，大过年的，而且真中了鞋的魔咒。我从陕西坚持到四川，从四川紧追到北京，最后还是没能抓住他拼命想跑的心。

那晚，我在北京，借住在男闺蜜家。他叫思达健，我们都叫他死大贱，简称大贱。他一直不接受，朋友们就风情万种地叫他，贱儿。拉着好长的音调，听得他胃酸上涌，直呼，还是大贱好。

从此，他正式成为大贱。

此名一出，他犯贱的品质还真是日趋明显。

周末出去玩，公交车上拥挤无比。一个丰满的姑娘够不到上面的扶手，旁边的扶手又挤不进去，只能在人群中晃来晃去。

见姑娘一遍遍说着对不起，大贱硬挤出一点空隙，让姑娘和自己一起抓稳。

车停停走走，人却只增不减，姑娘死抓扶手，最后整个身体贴在了大贱身上。又到一站，姑娘愤愤地踩大贱一脚，丢下一句流氓，转身飞下车。

我们几个女生目瞪口呆。

大贱愣了半天。

闺蜜讥笑道，贱哥，你都不挪一下，口味真重啊。

自那以后，大贱保持警惕，见女生就逃。直到学校组织去郊游，湖边草地，大家玩得乐此不疲。他从后面盯了一个女生半天，终于问，你是不是那个了？

然后转向我，说，你不是带那什么了吗？

女生恼羞成怒，甩他一耳光，立刻走人。

全场大汗。

二

到现在，我都不知道，那天他怎么就知道我带了……

不过像他这样，个子不高，成绩不好，又没什么专长，还动不动就犯贱的人，我们都不敢替他设想未来。

我们只知道，除了徐盈盈，他唯一热爱的就是音乐。大学毕业，他选择北漂，一边工作，一边做着白日梦。在北京三环以外租了一居室，每天晚上在酒吧驻唱，回来得很晚。

他家永远像凌乱的录音棚，除了厨房，满屋子都是乐器。晚上上厕所必须清醒，否则一不小心，各种乐器就会出声，将你吓个半死。

我去的那天，他下班后就没出去，在厨房炖汤给我喝。

我在房间上网聊天，其实是找男朋友说事，因为不想分手。可有些事情，你即使再坚持不去接受，最后也注定是输。

我眼泪噼里啪啦掉下来，夺门而逃。

北京入冬以来下的第一场雪，据报道，这场雪已经大得封锁了道路。我踩一脚，陷下去；使劲拔出来，再踩一脚，继续陷下去。

举步维艰。

多么像爱情，需要你那么努力地将自己拔出来，可路还需要继续走，于是你又深深地陷下去。你努力摆脱，不想让脚陷下去，可是不可能啊，你踩它就一定会陷。

我用尽全力奔跑，只听大贱在后面追着喊，感觉天人在交战，可就是跑不快。用脚使劲跺着地上的雪，愤恨到极点，最后坐在雪地里仰天长啸。

大贱蹲在我面前，问我到底怎么了。

我扯过他的衣领，一遍遍问，他为什么不要我了？

大贱说，有什么事，我们回去慢慢说，你这样会冻坏的。

他想拉我起来，我不依，就看着两个人呼出的气流，在路灯下散去。

他没办法，就看着我哭，并把自己的大衣给我披上。我一把鼻涕一把泪，全部抹在他衣服上，直到一点力气也没有。

大贱说，还有我嘛。

我说，你救不了我。

大贱难过地说，那怎样才能救你？

我说，除了他，没人救得了我。

大贱说，赶明儿个我就把他给逮回来，拴在你床头上，看他还跑得了？

三

大贱请了两天假，在家陪我。

窗外的雪毫无退意，我裹着被子，高烧不断。他除了炖汤，就是安静地坐在客厅，连电脑都不敢开。

我稍好了一些，他就使劲逼我吃东西。

他无奈地说，你发现没有，每次你来北京，你们都要大闹分手，而且都在冰天雪地的冬天。

我说，滚！

立即将他撵出家门。

他在外面吼，这是我家啊，你一个人不怕啊？

我装作听不见，只在屋里疯狂地哭，哭到不知不觉睡着，醒来已经是第二天清晨。

打开房门，他果真不在；拉开家门，他正站在楼梯口，和一个女孩说话。我看不见女孩，只听见声音。

我问她是谁，大贱舌头打结，说是同事。我随口一问，你喜欢她？

他扭头不看我，只说，我在门外守了一夜，都要冻死了。

我说，那你怎么不进来？

他说，我没带钥匙。

我说，你活该！

他立马作揖，是是是，求姐姐大慈大悲，放我一马。

四

高烧已退，雪花依旧飞奔而来。

我看着食谱，在厨房做寿司，大贱在客厅玩琴。琴声清脆，曲调婉转，他轻唱：最肯忘却古人诗，最不屑一顾是相思，守着爱怕人笑，还怕人看清；春又来，看红豆开，竟不见有情人去采……

我听得眼泪哗哗往下掉，拿着锅就冲出去，敲他的头："你还嫌我不够难受啊？"

他抱着头，一跃而起，你是红太狼啊。随后又拿起吉他，飞速拨弄琴弦，用力唱：谁说你长得不是很美，除了你，我不再爱谁；等头发白了，迎着余晖，那天该有多明媚……

他站在厨房门口，越唱节奏越欢快，一直到我把饭做好。

大贱说很好吃，我也觉得味道不错，只是没胃口。突然发现自己会做的饭还挺多的，但大部分都没给男朋友做过。因为总想给他最好的，却看不出他最爱什么，总怕做得不合他胃口，缩手缩脚，最后连自己会做什么都忘记了。

其实爱情，不需要太用力，反而给出的往往最好。

大贱说，我明天得去上班，不然要扣工资了。

次日中午，我在厨房忙活，听到有人敲门。打开门一看，我的天，是个陌生的胖子。不是一般的胖，是那种只有在电视上才能看到的胖，把眼睛都给挤没了。

"你好，我是思达健的朋友，他让我来看看你。"

我一头雾水，半天才说，那，那你进来坐吧。

我让他坐沙发，他说还是坐地板吧，上次把沙发坐塌陷了，赔了一千多呢。

胖子说，我是大贱的助手兼伴奏，他怕你出事，让我来看看。

我心想，你来了，我才出事呢。

胖子说，他打电话说你被甩了，痛不欲生……

我一跃而起，你才被甩了！

胖子说，我就是被甩了啊，大贱都告诉你了？

话不投机半句多，我胸口的火噌噌往上冒，拿起电话就喊，死大贱你给我回来！

五

大贱走不开，就打电话给胖子，让他把我看好。我锁好房门，坐在床上又气又急，眼泪不自觉地涌出眼眶。

大贱回来，已是黄昏。胖子一把抓住他，说，你快进去看看吧，她都闷了一下午了。

我掀开门，扯着嗓子喊，我被甩了，你怎么不拿去写新闻头条啊？

他俩面面相觑，胖子逃走。

为了将功补过，大贱答应晚上带我去酒吧，只要我保证不喝酒。其实我并不喜欢那种地方，只是不愿意独自流泪，只是想放纵一下自己，看是不是真就不那么难过了。

将我安排在离舞台最近的地方，大贱开始唱歌，一首接一首。灯光忽明忽暗，翻转出时隐时现的身姿，暧昧在酒精中曼妙生辉。他不断看向我，仿佛一不留神，我就会潜逃入夜。

忽然，灯光一暗，一个男孩点了《做我老婆好不好》。钢琴轻起，伴奏徐来，整个酒吧都陷入柔美之中。

眼泪涌出来，我擦掉；再涌出来，我擦掉；继续涌出来，我没去擦。它像关不紧的水龙头，不断流出水来，一滴一滴，周而复始。

胖子端着酒杯，来给我道歉，我夺过他的酒，洒了一半，另一半灌进胃里。“啪”的酒杯敲桌，我盯着胖子说，这是我男朋友给我唱了很久的歌，我不想听了，我要听《死了都要爱》。

胖子转过身，对大贱喊，《死了都要爱》，雄起！

我说，又不是赈灾，还要喊雄起。他说，这是四川话，加油的意思。

我又哭得七零八落。

大贱跟其他人做了交代，匆匆跑下来，问怎么了。

他猛敲胖子的头，跟你说了多少次，她被四川人甩了，你还提！

胖子说，又不是所有四川人都甩她了……

甩。这个字再次劈得我头昏眼花，拍着桌子喊，甩你大爷啊！

大贱叫我跟他回去，我不肯，说还没玩够。我酒量很不好，但没有醉，只是感觉眼前的一切朦胧得刚好，叫人好想把心中的压抑一吐为快。

无厘头地说了很多，大贱叫胖子拿酒。胖子拿来酒，他连喝三杯，眼神愈加迷离，自嘲着开始说徐盈盈。

徐盈盈是美术系的，比我们高一届，身材小巧玲珑。大贱从大二的联谊会上喜欢她，有事没事就献殷勤，最后得知人家有男朋友。后来听说她在北京，他毕业也来到这座城市，在朋友网找到她的地址，直接住她旁边。

一年多的时间，他们已相当熟悉。后来听说她分手了，大贱屡次表白却屡次失败，问为什么，她说放不下。

大贱坚持照顾她，每晚给她打电话，又不知道说什么，就说打错了。

那么烂熟于心的号码，我怎么会打错呢？不过是想你了，想听听你的声音，却又无法告诉你思念的滋味。

大贱猛喝一杯，说，我不会放弃的。

胖子哭了，说，你们这根本不叫被甩，我才是……

那晚，我们走在凌晨的街道上，踏着厚厚的雪，对着漫天飞舞的身影，断断续续地唱：

有谁能让我沉醉，像阵风轻轻飞，但是你却让我醉，只不过清水一杯；有谁能让我喝醉，忍不住掉眼泪，但是你却让我醉，我心中的珍贵……

六

雪渐渐停下来，我回西安，胖子也跟过来。玩了几天，他回四川，问我要不要过去玩。我说，去哪儿都不去四川，我讨厌死那个地方了。

胖子笑没了眼睛，说，总有一天，你会重新爱上那个地方，而且比以前更爱。

他走后，我去了红豆之乡，几个月后回西安。

西安最美的季节就是初夏，一切都刚刚好。在最美的景色里，读一本好书，是很惬意的事情，但我还是被电话铃声吵醒。只听那一头，哭不是哭，笑不是笑的。

我说，大贱，你没疯吧？

他断断续续地说，姐，我有女朋友了，徐盈盈。

原来他在音乐比赛中顺利晋级，现场跟徐盈盈表白，她终于点头。

突然想起在北京，他每晚读文字给我催眠，有一天他念到——

我们喜欢说，我喜欢你，好像我一定会喜欢你一样，好像我出生后就为了等你一样，好像我无论牵挂谁，思念都会坠落在你身边一样。

而在人生中，因为我一定会喜欢你，所以有些路真的是要跪着走完的，就为了坚持说，我喜欢你。

大贱说，我送了徐盈盈一双精致的高跟鞋。

我说，你不怕她跑掉啊？

大贱说，你觉得呢？

胖子说得对，我比以前更爱四川，因为那是我见过最美的地方。爱上一座城，是因为一个人，就像我因为你，开始喜欢庞龙的歌，可最终发现，他的歌里有我最爱的元素。

我听着他的歌，走进那座城，那漫山遍野的风景，是你的影子。你的一颦一笑，你温热的手掌，你轻盈的步伐，都在这里盛开。

我想你，却没法告诉你，只被时光默默记住。

既然找不到一个放弃的理由，那就把思念写进每一缕晨光里，抛向你所在的方向。不求你会明白，只是想有一天你能路过，看到我已在这里刻满你的名字。

如果你能停下来，看看我，我还会执意送你一双鞋。因为我们都明白，如果你真的愿意留下来，就算是风火轮，也无法带你离开。

载于《青年文摘》

最幸福的是，在自己失恋的时候，有那么一两个哥们儿对你始终不离不弃。人生有如此幸事，足矣。所以，哥们儿的好处就是，他一辈子都不会甩了你。

青春是一段危险的旅程

文/阿　杜

什么都是短暂的，只有怀念和失去是漫长的。

——独木舟

一

林冬儿转学来之前，我是班上风头最劲的女生。成绩优秀自不必说，学生嘛，那是我应该做好的事。能歌善舞也不值得一提，女生嘛，哪个不爱唱唱跳跳呢？

我最自豪我是学校里最拉风的女生，虽然长相一般，但我个头高挑，而且知道扬长避短，会用服装和一些小饰品来给自己增色。就算穿校服的时候，我也会在衬衣上做足功夫，把自己青春的华美尽可能地铺陈开来。我很享受别人注视的目光，很享受那些羡慕嫉妒的眼神，我从不在乎流言蜚语，每天把自己打扮得光鲜亮丽成为众人仰视的焦点。

在这所县城的中学里，我这个从市里来的女生如鱼得水，过得快乐无忧。我的身边总是跟着一大群的同学，他们众星捧月般围绕着我，时常让我觉得自己像个至高无上的女王。他们宠着我、让着我、帮着我，为我的每一个出格言行鼓掌喝彩。

这样风光的日子一直持续到林冬儿出现。

二

林冬儿是从省城来的，她的情况和我一样，因为父母的工作调动才转学过来的。

林冬儿来的第一天，就在学校里掀起了一场风暴。她的美首先就把班上的同学惊呆了，长发飘飘、裙裾飞扬的她仿佛落入凡间的仙子，班上的同学睁大眼睛，一脸惊艳。有个男生说："林冬儿比山楂树下的周冬雨还要美和纯，她的眼睛比天上的星星还亮。"

我很不屑那些目瞪口呆的同学，觉得小县城的人就是没见过世面，不就一美少女，有什么了不起？也敢和周冬雨相提并论？真是笑掉了大牙！只是凭心而论，林冬儿长得确实好看。她不仅高挑，而且皮肤白，五官秀美，那袭长至脚踝的棉布白裙更是为她加分不少。

只是，我不喜欢她，从她进教室的那一刻开始，我就知道她注定要抢走属于我的风头。林冬儿脸上挂着浅浅的笑，初来乍到，她却没有一点紧张。

课间休息时，有许多女生围过去找她说话。林冬儿倒也来者不拒，对谁都笑脸相迎，虽然话不多，但很得体。如果从一开始，我也像其他女生一样与林冬儿友好相处，我想，我们该会成为朋友吧？至少，不会像现在这样，把自己的青春弄得伤痕累累。

看着大家热情洋溢地围着她说话，我心里很不是滋味。我做不出强颜欢笑的样子去接近她，脸上的表情出卖了我对她的敌意。当同桌对我说放学后一起邀林冬儿回家时，我冷冷地拒绝了。我说："你们去吧，我没空，文学社还有个会议要开。"

其实根本没什么会议，我只是不想主动去迎合林冬儿。凭什么她一来，我就要陪她一起回家呀？

我也很恼怒这帮同学，都是一群见异思迁的家伙。她长得漂亮，大家就一股脑儿全围过去了，根本不在乎我会不会生气。其他班的同学闻风而动，听说我们班来了个大美女，一个个在课间时都跑过来瞧个究竟。林冬儿的美没有让大家失望，几天工夫，从省城来的林冬儿就被众人推选为全校最漂亮的女生。

我听说这事后，表面风平浪静，其实内心里波涛汹涌。我再怎么折腾，也没人说过我是最漂亮的女生，尽管我每天都打扮得花枝招展。

走在校园里，总能听到一些同学在议论林冬儿，说省城来的女生就是不一样，气质高雅，天仙似的。我还听到有同学说，以前觉得肖艳挺美的，但一和林冬儿比，差别就出来了。最让我气愤的是，那人居然还说，把我往林冬儿面前一放就显得俗不可耐了。

嫉妒如野草般在我心里暗自滋长。我每天看着盈盈浅笑的林冬儿就觉得难受，她面对大家的热情不喜不惊，好像这是理所当然的事。而我做了多少努力，才让自己成为班上最受欢迎的人，但林冬儿来了之后，这一切都变了。

同桌见我火气大，很奇怪地问我怎么了。我瞟了林冬儿一眼，忿忿地说："没什么，就是不爽。"心思灵敏的同桌，很快就知晓端倪，她凑过头来说："肖艳，你干嘛自己找不痛快？和她好好相处不挺好嘛，闹什么别扭呢？她人挺好的。""我没你们那么热情友善，她从省城来就了不起呀？我得贱贱地贴过去跟她好？"我说。

我没想到，我言语中的不屑伤害了同桌。当同桌把我的原话在班上传开时，很多曾经跟我亲密相处的同学都疏远了我。她们说，贴不起我这个从市里来的大小姐。

三

仿佛一夜间，我就变成了孤家寡人。只是当时心情正烦闷，我根本不理会大家的反感排斥，反而在言语上更加尖酸刻薄，时常因为一丁点的小事就和同学吵架，弄得自己像只人人难以接近的刺猬一般。

我把这一切转变都归结到林冬儿身上，更视她为眼中钉。如果林冬儿仅仅漂亮，我也根本不会把她放在眼里，但她的成绩居然比我还好，这让我颜面何存？我最看不起那种花瓶似的白痴。在我心里，一个女生不仅要漂亮，还要成绩好。品学兼优是我追求的目标，只是在双眼被嫉妒蒙蔽时，我已经忘记了最重要的“品”字了。

以前，我再怎么爱出风头，也是把学习放在第一位的。当林冬儿来后，自知相貌不如她，我就挖空心思打扮自己。我穿奇装异服，我把自己柔顺的短发烫成了爆炸头，我装作盛气凌人，目空一切，觉得这样才有“范”儿。

我的心思没有放在学习上，成绩考得一次比一次差。刚开始，林冬儿超过我时，我只认为那是“偶然”，但接连几次她都独占鳌头时，我才惊觉自己与她的差距。我的作文，在她来之前，每次都是老师在班上朗读的范文，可是她一来，这一荣耀就属于她了。

嫉妒像一枚刺一样埋在我心里，折磨得我夜不能寐。我脸上的笑容消失了，对自己也愈加没有信心。林冬儿轻易就取得了我曾经花了很多努力才得到的荣耀，她不施粉黛，素面朝天，大家说她天生丽质，而把我挖空心思的装扮说成“庸俗透顶”。

我的心里充满了沮丧，我不知道自己要如何做才好。最让我难受的是，这一切都是我单方面的敌对，林冬儿从来没把我放在心上，更不曾与我有过任何比较。这种暗自较劲，却被无视的痛苦让我心里如虫噬一般。如果她能接招，或许还能激起我的斗志，可是她并不知晓我在与她较劲。

林冬儿不知晓，但班上的同学都看出来了，他们窃笑不已，这让我感觉如针芒刺背。

四

学校举办知识竞赛前，班主任指定我和林冬儿组成一队，我拒绝了。班主任很疑惑，林冬儿也很疑惑。

班主任询问我原因，我只回了一句：“我不想当别人的绿叶。”班主任看着我说：“怎么就会是绿叶呢？你们各有优势，互补就是最强的组合。”

她是最强的，但我不是，这点我不敢告诉班主任，怕班主任觉得我嫉妒心太强。但身边的同学都看出来了，我嫉妒林冬儿，嫉妒她比我漂亮，嫉妒她一来就赢得了众人的好感，嫉妒她轻轻松松成绩就超过了我。她的一切都让我嫉妒，嫉妒冲昏了我的头脑。

我觉得自己确实像只刺猬，一根根锋芒的利刺，伤了别人更伤了我自己。喜欢热闹，自信满满的我变得易怒、暴躁，再也不是当初那个最拉风的女生。在林冬儿面前，我有一种无力感，无论我如何努力，我样样都不如她。

我没想到林冬儿会来找我，面对她的盈盈浅笑，我低下头没有勇气对视她真诚的目光。她说："肖艳，为什么拒绝和我组队？我们之间不能成为朋友吗？"

我的头垂得更低了，无颜相对。

"肖艳，如果我有什么对不住你的地方，原谅我，好吗？我想和你成为朋友。"林冬儿接着说，她的手轻轻搂住我的肩膀，让我感受到了从她指间传递过来的温暖和真诚。

"对……对不起！我……我一直嫉妒你，你没有错，是我的心太狭隘了。"面对林冬儿的友善，我红着脸支吾。

我早就后悔了，我不该作茧自缚，一开始就把自己推到和林冬儿对立的一面，让自己举步维艰，陷入孤单，再也找不到快乐。如果从一开始，我就能够以一种宽容大度的姿态，欣赏林冬儿，并且真诚地和她建立起友谊，那该是多美好的事。

林冬儿听后，嫣然一笑说："这样呀，其实你不知道，我也很嫉妒你的，你知道你的身材有多棒吗？做好朋友吧，我们以后都再也不嫉妒对方了，我们互补，才是最完美的组合……"

林冬儿的话听得我心里暖暖的，望着她灿烂的笑颜，我难为情地低下头，紧紧抱住她。

我终于明白了：青春是一段危险的旅程，而嫉妒是毒药，唯有真诚地欣赏比自己强的对手，取长补短，才能让自己变得更优秀。

载于《才智》

嫉妒可以是催人奋进的良药，可是如果嫉妒带来的不是正能量，而是攀比造成的病态心理，那就是不可取的。一个见不得别人好的人是不会有大出息的。

少年读

文/许冬林

读书使人心明眼亮。

——伏尔泰

回眸处，是一段葱绿葱绿的时光，潭水一样宁静，又如青草一样蓬勃。那是一段悠长的少年时光，沉湎于阅读的时光。

唐诗、宋词、《红楼梦》《简·爱》、席慕容、三毛，是那些美妙的书香将我的少年岁月浸染，浸染得有了与众不同的意味。每每回忆，内心充满感激，感激岁月年华，感激文字。

犹记当年读宋词，读李清照："花自飘零水自流，一种相思，两处闲愁；此情无计可消除，才下眉头，却上心头。"读得眼前水雾迷蒙，心儿没着没落的，一时间惆怅不已。那个少年人，也化作了一片薄薄的素白的落花，在晚风里，在流水上，到了远方。

后来又读苏轼，读到"大江东去，浪淘尽，千古风流人物"，再去看外婆家门前的浑浊江水，全然又是另一种景致。长江多老啊，那么多樯橹灰飞烟灭的往事，都在江水之上演绎。从此，我看到的长江，不再只是空间上的长江，更是承载着厚重历史的长江，是飘散着酒香墨香的长江。它苍茫、雄浑、深邃、风雅。

大雪天读《红楼梦》，真的是拥炉夜读啊，记得老师曾偶然说过，中国人不读《红楼梦》，都算不得中国人。寒假一开始，我就借了《红楼梦》回来。晚上，母亲准备了一个手炉，是那种红陶的手炉，里面盛了碎碎的炭。手搭在手炉的拎手上，书也搁在上面，一页页地翻阅，连书也添了木炭火的香。就着那一炉温暖，一个寒假，读一本传说中的《红楼梦》。读到黛玉焚稿，然后病死，一时悲痛不已，手炉也不要了，只歪在枕边无声大哭，泪湿枕巾。

窗外寒风萧萧，是深夜，只觉得满世界苍凉空旷孤独，再也读不下去了。一部《红楼梦》，写到黛玉之死，就可以收尾了，再不必写了，那时这样以为。换夜再继续读，又读到宝玉出家，茫茫的大雪，雪影里一个人，在船头躬身拜别父亲。这一回，倒没落泪，可是心上却是闷闷沉痛好久。此时是岁末，窗外也是大雪，月光下，一白到天际。回头体味文字里弥漫的那种辽阔无涯的哀伤和空寂，仿佛没懂，又似乎懂得了。

后来，又抄席慕容的诗歌在小本子上，一首又一首。书依然是借来的，《七里香》《无怨的青春》等好几大本诗集，抄得满心欢喜又沉醉，哪里嫌累？然后，自己的枕头底下便多了个湖蓝封面的本子，那里面有我写的诗歌，席慕容体的诗歌。偶尔借给体己的女同学看，她也给我看她写的诗。我们像两只幸福的老鼠，偷偷分享各自的文学青果。

在被窝里，打手电筒读三毛。撒哈拉沙漠在哪里呀？荷西是个大胡子的男人，真的很有魅力吗？长大后，我们一道也去远走天涯吧！那时，我们两只文学的小老鼠已在密谋大计。内心有小甜蜜，嘴巴上却不好意思说，其实心里都想那远走天涯的队伍里，一定会添加新成员，他便是我们各自的荷西。他要不要也是大胡子呢？再想想，再瞧瞧……

如今，回头想这些读书的琐碎细节，深感文字的魅力，一个人在一本书里活了几辈子，大悲大恸大欢喜，小忧小愁小甜蜜。就这样长大了，内心丰富了，合上书页的那刻，沧海桑田；窗外阳光刺进来，啊，世上已千年。

是啊，世上已千年，每每看到现在的孩子有那么丰富的课外读物，我总禁不住心底苍老地一叹。当我在一所中学自编的校本教材《文海撷英》里，又看到了那些喜欢的文字时，忽然有一种血液倒流的激动，仿佛回到青涩年少。“唐诗四季”、“魏晋风度”、豪放派词、婉约派词、《红楼梦》《简·爱》……看到这些自己曾经喜欢、一直喜欢的文字，仿佛在单调无聊的长路中行走，突然看到一处深谷碧潭，看到一丛篱下白菊，看到春水涣涣处云生，看到青草离离处鸟飞。

载于《意林·原创版》

那时候我们的确是喜欢读书的，日日夜夜，沉浸在一个个故事情节里无法自拔。可是后来随着年岁的增长，被社会浸染，我们变得很功利了，似乎不怎么有耐心去读一本书了。你还愿意静下心来读一本好书吗？

不再当“消防栓”

文/孙开元 编译

每一个人都是独立的个体，独一无二，无法复制。

——艾琳·凯迪

我在很小的时候就喜欢玩橄榄球，那时的我个头不高，可是又有力气又很胖。我们的“大蜘蛛”橄榄球联队没有年龄限制，但要求有足够的体重，我在8岁时体重就达标了。

可是，在我长到11岁的时候，我的体重超标太多了。不过，爸爸是球队的一个赞助人，也是教练的朋友，所以我又觉得没理由放弃。但我虽然只有11岁，可体重达到了200多磅，得想个办法才行。

教练知道我遇到了麻烦，所以他想了个好主意。一天，他递给我一件用黑色垃圾袋做的T恤衫。

“穿上它！”他低声命令着，然后帮我把脑袋和胳膊从垃圾袋上剪出的几个窟窿眼儿里探了出来。“绕着训练场跑，我让你停再停！”

我每跑完一圈就迟疑着朝他挥手示意，而我的队友们则戴着漂亮的头盔说着什么——时不时地还指着我笑。

“接着跑，消防栓！”教练嘴里叼着雪茄吼着。“消防栓”是他给我起的外号，没人能说出教练为什么会给我起这个外号，我想可能是我现在这个样子就像个消防栓吧。

每天训练我都要穿着这个丑陋的垃圾袋跑几圈，我一边在草地上跑，一边就能听到胳膊下面垃圾袋摩擦出的沙沙声。我那两条又短又粗的大腿不美观不说，还老让我绊住甚至跌倒。其他的队员们这时就会小声笑出来，我的痛苦只有我知道。多少天过去了，垃圾袋T恤衫并没能帮我减下体重，于是教练又带我去附近的一家浴池里洗桑拿浴。

在接下来的星期六，我骑着自行车到了那儿，教练又让我穿上这件塑料衫，然后把我塞进了一个木头小屋，里面有两把长椅，旁边的架子上摆着热得发红的石头。他把水倒在石头上，一股蒸汽就冒了起来，然后他关上了屋门。

透过屋里窗户上的一个小孔，我看到教练正在外面一边嚼着圈饼，一边喝着咖啡。我从昨天就没吃过东西，此刻肚子骨碌碌地叫了起来。

我大汗淋漓地坐在浴室里，不知道还要这样撑下去多久。从我10岁的时候起，我就开始起劲地减肥。我每天都不吃早餐，到中午才在学校里吃带去的一盒饭，可根本不管用，体重就是下不来。

教练偶尔会把他那个公牛一样的脑袋伸进浴室，看我还活着没有。我坐在浴室里淌着汗，忽然意识到很不对头。星期六的早晨，别的孩子都还在睡觉，我却穿着捂一身汗的垃圾袋！我这是为了什么？

我突然间明白了，我在逼迫着自己做一件自己根本不想做的事情！想到这儿，我决定不能再这样撑下去了。

我两腿哆嗦着站了起来，走出了桑拿浴室。我终于明白了，我不必为了得到别人的肯定就非要进行这种训练不可。

“我告诉你可以出来了吗？”教练几分钟后从游泳池里爬出来，看到我正一边喝水，一边享受着一块他那油亮的圈饼。

我摇了摇头说："我放弃了。"我声音颤抖着说。

"放弃?"他冷笑着对我说。"你不能放弃，你爸爸会怎么想？你不想让他因为你而自豪了吗?"

但是问题就在这儿，我这次有了自己的主见，如果爸爸不会因此而为我感到自豪，那他对吗？我是个好孩子，从来不惹麻烦，学习成绩也好，我还非要做自己不想做的事不可吗?

我摇了摇头，告诉教练这一切都结束了，我不想再忍饥挨饿了，也不想再穿着件垃圾袋让别人笑话我了。

教练马上给我爸爸打了电话，向我爸爸说完后，他嘟囔着把话筒递给了我，我的手有些哆嗦。

爸爸平静地说，"教练说的是真的吗?"

"是的，"我低声对着话筒说。

"你不想再打橄榄球了?"他又问。

"再也不想了。"我喘了口气说，爸爸在电话里笑了，这让我感到很意外。"我还以为你想当一名橄榄球星呢!"爸爸说。

我放下电话，向教练告了别，骑上自行车走了，教练站在原处，怒气冲冲的没说话。

从此，我开始了新的生活，更自信也更成熟了。一天，我们全家人出门时遇到了教练，"'消防栓'是什么意思来着?"他冷笑着问我。

爸爸看了看我，然后纠正了教练："你说的是'鲁斯迪'，对吗，教练?"教练嘴里叼着雪茄，咕哝了一句什么，但已经无所谓。

从那儿以后，再也没人叫我"消防栓"了。

载于《意林》

我们经常被迫成为别人心中的那个自己，我们所做的一切，无非就是赢得别人的满意。可是我们自己呢，幸福吗？可能只有自己知道了！

你是我最好的勇士

文/北卡不卡

做一个真正勇敢无畏的人。

——林肯

七年前，你开始学着独立

那年的八月下旬，恰是蝉鸣聒噪的时节。

你离开生活了十七年的北国，在大学录取通知书的指引下，一个人乘坐老旧的绿皮火车，去遥远的古城西安寻找属于自己的壮丽天空。

那时的你很傻很天真，初次告别父母的羽翼，总以为这个世界到处充满宽容。

直到有一天，室友将你的暖壶碰碎，将你悉心照料几个月的小小盆栽打翻在冰冷的瓷白地面上，却连一声“抱歉”都懒得说。

直到有一天，和你称兄道弟的男生，因你固执地不肯借他抄袭四级听力的答案，就此与你老死不相往来，发誓再不带你唱 K、喝酒、打桌球。

直到有一天，你在城北的公交车站被小偷摸走了手机和钱包，饿着肚子忍着眼泪，却到傍晚依旧四顾无门，怎么也回不去熟悉的南郊……

那时，你才终于明白，原来并非所有地方都叫家乡。

于是在某个傍晚，你孤单单地站在八里村的立交桥上，望着脚下的车水马龙，在心中默默对自己说：在这个川流不息的世界上，只有自己才是永远不倒的靠山。

六年前，你开始学着温暖。

你常常听到“人情冷暖”四个字，然而真正领悟到其中的真谛，却是在零八年五月。

举国轰动的汶川地震，从遥远的川西一路而来，无情地撼动着你曾以为固不可破的古都西安。

那是你第一次经历地震，第一次直面大自然的怒吼。

多年以后的今天，你依然清楚地记得那些埋藏于残砖碎瓦下的骇人画面。

你曾见过生的渴求，死的绝望，亦见过徘徊于生死边缘的勇敢与挣扎。

你曾见过呼啸而过的生死别离，痛彻心扉的哭喊悲泣，亦见过亲人重逢时泛滥成灾的眼泪与欣喜。

你曾闭上眼睛，仔细聆听自己的心跳，以此祭奠那些消逝在昨天的生命……

在那段特殊的日子里，惦念与牵挂，悲悯与宽容，都成为唾手可得的心灵养料。

所有你曾以为奢侈的美好，都那么真切地融进你所生活的每一寸土地，浸润了行将封闭的内心。

为了躲避余震，你与同窗在操场上度夜。你们分享着彼此的零食，也分享着户外夏夜最为宝贵的蚊帐，亲密一如并肩多年的手足。

放飞孔明灯的一瞬间，你曾在心中为整个世界祈福，那么真挚，那么虔诚。

你希望那些你看得到的、看不到的艰辛，都融化在温暖的灯火中。你希望每一盏孔明灯都能搭载一段苦痛，一寸一寸飞向墨色的夜空，从此不再落入这饱经沧桑的人间。

走过那个充满动荡的五月，你已挥别了从前那只倔强孤高的后青春刺猬，重新拾回了属于这座古城的温度。

人情之中的冷暖悲欢，你终于迟迟懂得。

五年前，你开始学着坚强

大三那年，你一边忙于社团事务，一边没日没夜地练习着英语听力。本就不胖的身子一天比一天瘦削，本就丰盈的心里却逐渐变得更加富足。

你那么信誓旦旦地去挑战剑桥商务英语，说要为来年踏入社会增添一笔亮色。你那么斗志昂扬地奋力前行，总以为缤纷的未来正在一步步靠近。

可是傻孩子，这世上哪会有不经历痛苦就能成长的好事？

在某个瑟瑟的冬夜里，你忽然接到家里打来的电话。

你这才知道，母亲因为太牵挂远方云游的你，竟患上了严重的“抑郁症”。这种恶魔般的病症与心脏病一起，终日折磨着她，令她苦不堪言。而父亲心中愁苦，肝病也随之发生了无可逆转的恶化。

那一刻，你紧紧握着听筒，努力不让眼泪落下，忽然就变得坚强起来。

成长是什么？就是曾经顾影自怜、悲春伤秋的自己，终于能够勇敢地站出来，朗声地告诉这个世界——我可以承担所有生命不能承受之重。

从那天起，你就变得比从前更加忙碌。室友总说你是“无事忙”，你却只能苦笑，若真的无事，谁不愿快意人生？

可你只能马不停蹄地朝前奔跑，既不放弃你执意要征服的电子学专业课和剑桥英语，亦不想冷落堆积在床头的营养学和心理学书籍。

在生活的遥遥路途上，你背负着命运交给你的使命，肩负起亲情施予你的重量，就这么一路跌跌撞撞，踽踽独行。

也许你不曾拥有太多围炉夜话的美好时光，可是多年以后，当你终于成为生活中无可匹敌的强者，当你终于将自己塑造成自己最喜、最向往的模样时，你真的可以堂堂正正地说一句：“感谢岁月赠我以磨难，也感谢我所拥有的那些，近乎偏执的坚强。”

四年前，你开始学着领悟

每一个即将挥别象牙塔的孩子，都曾经历过那样一段兵荒马乱的年月。

那时的你，也同身边所有人一样，跻身在求职问路的汹涌人潮中，晨昏昼夜不得清闲。

夜色深沉时，你手捧一杯浓茶，拧着眉头研习五花八门的面试技巧，如此奋战到天明。

晨曦初现时，室友仍在睡梦中，你却已将一身暗蓝色的小西装穿得笔挺利落。与静谧沉睡的校园挥手作别，辗转着赶往下一个面试地点，或近或远，仿佛永远不知停歇。

印象里，你曾自信笃定地完成过数不清的面试，却也曾在一次压力很大的面试中，经不住面试官太过凌厉的质问，难堪得当场落下眼泪。

很久以后，当那位英俊睿智的面试官终于成为你踏入社会的第一位指导人，当他温声软语地宽慰你，叫你不要对他当时的刻薄记恨在心时，你才迟迟领悟一个本来就很浅显的道理。

原来这世间真的没有绝对的非黑即白。

那些你以为困顿的局面，终将迎刃而解；那些你所忍耐过的一切，终将化作丰厚的养料，滋养你未来的百态人生。

如果不曾尝过慌乱的滋味，又如何才能懂得什么是从容？

当有一天，你与毕业季依依惜别，你终于清楚地觉察到这一年来的收获——浮夸已远，而淡然依旧。

如今，你已破茧成蝶。

三年前，你开始学着感恩

北漂生活的艰辛，远远超出了你的想象。

你曾说，北京这座城市就像是一个激进的角斗士，永远行步匆匆，永远马不停蹄。

记不得有多少次，你在澄明的镜子里看到自己的倦容，总忍不住想起早秋原野上的蒙蒙雾霭，与远处未落的星月融在一处，落于心底，变成一声模糊而遥远的叹息。

你曾在一篇日记里写过这样的字句——时光如同佚名诗人的笔触，轻柔地落在每个人的眼角眉梢，一横一撇写就韶华，一竖一捺书尽青春。

偶尔，你会怔怔地望着拥挤的人群，心生感慨，抱怨青春不再，而岁月忽老。

然而更多时候，你却是心怀感恩的。

感谢没日没夜的辛苦劳作，令你在漫长的年月里衣食无忧。

感谢百般挑剔的老板与客户，令你明白怎样才能在这个竞争林立的世界里为自己霸占一方净土。

感谢游子离乡的孤单，令你更加真切地体会到亲情的分量，从遥远家乡传来的只言片语，每每落在耳中，便如坠心头……

一直以来，你似乎总在马不停蹄地失去着什么，然而，你却永远不会因此变得一穷二白。因为在那些斑驳明灭的暗影中，你总能看到阳光透过罅隙，落成岁月里最为明媚的影像。

你始终记得——心若宽广，世界便可成为宽广的模样。

这些年来，我看着你一步一步孤勇前行，也曾无数次为你心酸，为你心疼。然而，在这封信件的最后，我只想将《巴别塔之犬》里最触动人心的话语送予你：

你是我最好的勇士。

You are my best warrior.

载于《疯狂阅读》

人总是要学会长大，经历蜕变，而这些都是自己去完成的。因为每个人到了最后，只能是自己面对断壁残垣，经历过黑暗和幻灭以及无力感，最后你才会彻底地勇敢起来。

最大的敌人，最好的朋友

文/庞启帆　编译

老朋友是最好的镜子。

——赫伯特

我又一次转到了一所新学校，班里有个叫帕丽斯的女孩也是转学来的，这是我们俩仅有的相似之处。

我个子高挑，帕丽斯则身材娇小；我一头浓浓的黑发最近刚被剪短成一种蓬松的发型，而帕丽斯那一头天生的金发却长及腰际，甩动起来时好看得要命；我15岁，是班里年龄最大的学生，而帕丽斯还不满13岁，是班里年龄最小的学生；我笨拙而天生害羞，帕丽斯却不这样；我经常穿着宽松的工装裤，运动衫，脚上是一双灰绿色的远足靴。帕丽斯则脚登镶着人造钻石的松糕鞋，身穿价格不菲由设计师设计的牛仔裤……

我无法容忍帕丽斯，把她看作是我的敌人；帕丽斯却喜欢我，想和我交朋友。

一天，帕丽斯邀请我去她家玩。我答应了——我太过惊讶，所以都不知道该说别的什么了。我从来没向她示过好，她竟邀请我去她家作客，这是我想不到的。我的家在6年之内搬迁了6次，所以我从来都没有跟同学建立起太多的友谊，也从来没有同学邀请我去他们家里玩过。但是，这个衣着时髦的女孩却希望我放学后去她家玩。

帕丽斯的家处在这个城市里一个热闹而有趣的街区，那里有两家比萨店、一家通宵书店、一个电影院和一个公园。

当我跟着帕丽斯从校车站穿过附近的街区向她的家走去的时候，我试图想猜出哪幢房子会是她的家。是那幢有一片漂亮草坪的白房子？还是那幢前廊上蹲着一只皮毛光滑的金毛猎犬的三层小楼？

当帕丽斯把我带进了一幢充斥着油煎食品、化学清洁剂和熏香味道的公寓楼时，我不禁大吃一惊。帕丽斯和母亲、继父、两个弟弟以及一个妹妹一起住在四楼的一个两居室中。

进入她和妹妹的那个房间后，帕丽斯拿出了一个装着许多芭比娃娃的大盒子——这是第二件令我吃惊的事。我本来以为她已经长大了，到了不会再玩芭比娃娃的年龄，我就从来不玩这些东西。

但是，当我们一起坐在一个大壁橱旁的地板上，给这些娃娃们编起了一个个古怪的故事，不时乐得哈哈大笑时，我们发现：我们长大后都想当作家，都有着超凡的想象力。

那天下午，我们过得非常开心，因为笑得太多，我们的下巴都酸了。帕丽斯向我展示她的衣柜，那里面的衣服大都来自下街区那家时装设计店。时装店的女老板在报纸上登广告，有时会请帕丽斯来当模特，报酬就是衣服。

整条街上的街坊都喜欢帕丽斯，书店老板会借给她时尚杂志，电影院会免费送她电影票，比萨饼店会让她免费品尝比萨饼。

不久之后，我也被带入了她的奇妙世界。我们到彼此的家里去过夜，一起度过每一个空闲的时刻。在那些开心的日子里，我的黑头发长长了，我也学会了欣赏自己的高个子。

帕丽斯，我儿时第一个真正的朋友，给我的青涩岁月增添了许多亮丽的色彩，并且在交友这件事上，教我懂得了一件奇妙而令人惊异的道理：那个你认为是你最大的敌人有可能就会变成你最好的朋友。

载于《才智》

没有永远的敌人。那些你一直以为阻碍你的人，其实是一直帮助你成长的人。感谢那个朋友吧，没有她，你不会变得那么强大。

坐在最后一排的日子

文/冠　豸

友谊不但能使人生走出暴风骤雨的感情而走向阳光明媚的晴空，更能使人摆脱黑暗混乱的胡思乱想而走入光明与理性的思考。

——培根

一

我们班的座位考试一次便调整一次，按成绩高低，从前往后依次类推。大家抗议过，但抗议无效，班主任说："机会均等，公平竞争，成绩好的当然得放在前面重点保护。"

我是从来都不用为这种鸡毛蒜皮的小事担心的，无论怎么调整，成绩好的我总是占据最前排的位置。我从来都没有想过，一个教室里，这一前一后的位置居然宛若两个不同的世界。班上的同学也自然而然地分成了几个不同的团体，泾渭分明，大家似乎都很明确自己的位置。

我从未觉得这有什么不妥，直到后来有一次，我因为和父母产生矛盾，赌气之下我故意考了很差的分数来气父母。分数确实很低，全班倒数第二。

二

调整位置那天，班主任苦口婆心地教诲了我一大堆话。我微笑着看他，面无愧色，不就是坐最后一排吗，有什么呢？我对父母的气还没消。

班上的同学有的面露不屑，有的沾沾自喜。倒是最后一排的几个同学，他们乐呵呵地欢迎我，我冲他们笑，没吭声。

我的新同桌是一个叫马丽的沉默女生，以前我没和她说过话。我们的位置相隔遥遥，根本不用打交道。我把东西搬过去时，我向她打了声招呼，她没理我。

"终于来到最后一排了。"我伸了伸懒腰，一脸得意自在。

"你是不是脑子有病？坐到最后一排了还这样高兴。"她不屑地嘀咕。

我愣住了，看着出言不逊的马丽，不明白她为什么这样说。"有什么呀？你不就一直坐在最后一排吗？"说完这句话，我马上后悔了，因为我看见马丽的眼圈瞬间红了，她低低地说："我知道你们都嘲笑我。"我这才想起，她每次考试都倒数第一，一直坐在最后一排。

才过了几天，我就明白了坐前排和后排的区别。坐在后排的都是些差生，他们不爱读书，玩的花样却数不胜数。他们爱起哄，有时还故意捣乱，偶尔也会趁老师不注意时溜出教室玩。但马丽和他们不一样，她上课很认真，可坐在后排，各种影响很大，无法让人专心。

"那个弱智，你看她整天抱本书，装成一个好学生的样子，却次次考倒数第一，比我还差，真不知那是什么脑袋？"隔壁桌的男生在课间马丽出去时对我说，一脸戏谑的表情。

我确实感觉到后排的同学都不喜欢马丽，他们成绩差，那是因为他们贪玩，但马丽的情形完全不一样，如此苦读，成绩却比他们还差。连他们都瞧不起她，除了“笨”似乎再无其他解释了。

不是说认真学习就会取得好成绩吗？为什么马丽不行呢？莫非她真是“笨”到家了？

那男生离开时，潇洒地打了一个响指，嘴里哼唱起：“无所谓，谁会‘碍’着谁……”

看着他离开的背影，我有片刻的失神，或许他也不想一直坐在这最后一排的位置吧。还有马丽，同桌的几天时间里，我就已经明白她的心思，她是那么急迫地想离开这个代表着屈辱的位置，调到前排去。她个不高，还近视，可是坐到哪里这并不是由她说了算的。

三

一天放学后，我留在班里出黑板报。等我走出教室时，校园里已经空荡荡的了，只有聒噪的蝉鸣此起彼伏。

跑下楼，穿过绿树成荫的甬道，我抄近路往校门走。路过操场西边的小树林时，我看见了一个熟悉的身影——马丽。她正站在一棵树旁边，脸上淌着泪，我悄悄走近想瞧个究竟。

晌午的阳光下，马丽抽噎着，一只手用力地拍打着树干，边哭边哽咽：“他很快又要调回前排去了，我为什么就不行？我一直在努力，可我所有的努力都只是在做无用功。我是笨猪吗？为什么次次考试都是最后一名……”

马丽乌黑的马尾辫一直在我眼前晃荡，双肩起伏抖动，她看起来很冷的样子，抖得厉害。她的手一直拍打着眼前的树，仿佛那树是她的脑袋，拍打过后就能开窍。我突然觉得马丽很可怜，一个15岁的中学女生，要悄悄躲在放学后校园里无人的小树林里对着一棵亘古沉默的树发泄内心的愤懑和伤心。她无人可以倾诉，她内心的悲痛只能说给一棵树听。

“马丽！”我轻轻唤了一声，极尽温柔，怕吓到了正沉溺于痛苦中不能自拔的她。她这时可能有些累了，倚靠在树干上，双手抱着头，仰望着高远的天空。

听到叫声，马丽显然吓了一跳。待看清是我时，她脸上即刻呈现出一种戒备的神情，忿忿地说：“你来干什么？看我笑话吗？”“你知道我没那意思。”我友善地说。“那你什么意思？在跟踪我吗？”她紧接着追问。“我刚好路过。”我说。

马丽幽幽地叹了口气，可是才一会，她眼中的泪又不设防地汹涌而出。她抹着泪说：“我讨厌坐在最后一排，讨厌那让人屈辱的位置。可我努力了，还是最后一名。”

我掏出纸巾，递给她，让她尽情地哭，能哭出来总比压抑在心里好。

好一阵后，我轻声问：“好一些了吗？”她没吭声，但脸上的表情渐渐平静下来了。

“需要我帮助吗？”我问她，之前她总像只刺猬，让人难以接近。

我知道，马丽其实不是这样的女生，她渴望友谊，却因为成绩差而一直受到伤害，在班上，她没有朋友。

“你为什么想帮我？不嫌弃我笨吗？”她自嘲地说，对我的话充满了疑惑。

“你不是想离开最后一排，离开那个让你厌恶的位置吗？我有能力帮你，接受吗？”我问。

她犹豫片刻后，说：“我很愿意，但你怎么帮我呢？每次一到考试，我就如临大敌。心里慌乱，头脑昏沉，仿佛做了一场噩梦，梦醒后就是悲惨的最后一名的试卷……”

马丽絮絮叨叨，说出了她心底里一直埋藏的秘密，原来她有“考试恐惧症”，就像有人有“恐高症”，有人会晕血一样，是一种心理疾病。我确实有点被震到了，我从来没想过，她居然会如此害怕考试，怪不得那天考试时，她给我的感觉就怪怪的，脸色白得像一张纸。

“你是不是对自己不自信？”我问她，只有找到根源才能解决问题。

“我也不大清楚，可能是吧，反正我就讨厌考试。从小父母让我学这学那，什么都要考试，考不好就要挨骂……”马丽说，她开始信任我了，一股脑儿地把过往的经历都告诉我。

我正思忖着，突然听到肚子“咕咕”叫的声音，还真有点饿了。我邀马丽边走边讲，让她把心里话都说出来，至少这样她会舒服一些。

在路口说“再见”时，我看见马丽朝我笑了，她挥着手，很开心的样子。

四

下午上课，班主任第一件事就是发考卷，然后公布总成绩，准备调整位置。我注意到马丽的脸又苍白如纸，她紧张地抿着嘴，手不停地互相搓揉，眼睛紧紧闭上，身体却禁不住筛糠般抖动起来。

我在桌子底下，轻轻踢了她的脚，示意她别紧张。

第一个被叫到调整位置的是我，这次考试，我又回到了第一名。但我举手向老师说，我暂时不想调整位置，放学后我会把原因告诉他。班主任一直器重我，所以我的要求被允许了。但我看见了周围同学不解的目光，他们窃窃私语，说我是不是看上马丽了。我淡淡地笑起来，不想多作解释，既然答应帮助马丽，我就应该兑现承诺。

马丽也急了，一下课，她就对我说："你应该回到前面的位置，这里不属于你。"你不想坐到前面去吗?"我反问她，她看了我一眼，低下头没再吭声。

那天放学，我找到班主任，把自己的想法告诉他，并且对他说："按分数排位置，确实能鼓励一部分同学，但也会伤害一部分同学的自尊心。大家都努力才最重要，毕竟没有谁愿意考最后一名的。"我说得很诚恳，还把马丽的事告诉他。

看着班主任惊讶的表情，估计他也没想到还有"考试恐惧症"的事，想了一阵，他说："那好吧，你先回去，我再想想有没有更好的处理方式。"

马丽的症状，我不知要怎么办，我建议她和父母开诚布公地谈一次，让家人带她去看心理医生。至于我，能帮她的就是鼓励，让她对自己多一些自信。我们依旧同桌，相处融洽，课后，我会帮她补缺补漏，把基础打扎实。

马丽一点都不笨，很多难题，我稍微点拨一下她就能想出来，看着她欢悦的笑脸，我心里也乐滋滋的。毕竟她走出了孤单的角落，不再刺猬似的随时武装自己和戒备别人的友善。

我们班后来重新调整了位置，不按分数，按身高。那天班主任说了很多抱歉的话，说得很动情，他的良苦用心，我想我们都明白。作为老师，他所做的都是为大家好，只是有时方式不对。

我不知道马丽是不是真的有去看过心理医生，还是位置的调整对她有了影响，或者是有我的一点点功劳，反正马丽后来的考试都能正常发挥了，而且越来越好。

我想，她应该是战胜了“考试恐惧症”吧。只是很多时候，回想起坐在教室最后一排的那段日子，我心里就会有很多感慨：人与人之间，如果没有深入了解，表面看到的往往并非真实的内里。

载于《青春风 A》

试着去靠近一个迷茫的人，并去鼓励处于进退两难的她，你的善举会让她重拾自信。

爱用拟人修辞的英子

文/木　子

童年时代是生命在不断再生过程中的一个阶段，人类就是在这种不断的再生过程中永远生存下去的。

——萧伯纳

英子是我小时候的同班同学，她家住在半边街胡同东面第二家，离我家有 20 多米的距离。

英子长得很漂亮，那时我喜欢用“细细长长”来描绘她，后来，我知道，那就是“亭亭玉立”。英子不仅学习好，而且多才多艺，唱歌、跳舞样样都会。当我们这些愣头青只知道在外面疯玩，弄得灰头土脸地从英子家窗前跑过时，时常会看到英子正站在自己房间的窗台前，拉着小提琴。

那个时候，家里有小提琴的人家可谓凤毛麟角，稀奇得很。英子穿着碎花连衣裙，一头柔软的秀发披散开来，头顶扎着一条花手绢，一绺刘海卷曲在额前。她脖颈夹着小提琴，右手作弓状，身子时而前倾，时而后仰，琴音像潺潺流淌的泉水一样从琴弦里倾泻出来。

从窗户上看到英子认真地拉着小提琴，我们这些小男孩杂乱的脚步明显地放慢了下来，扭过头盯着英子看了一下，然后又跑开来。不过，那跑动的脚步，似乎有些沉闷，那琴音似乎总在耳边回响。

英子的妈妈在一家食品公司当会计。听说她的算盘打得可好啦，一些老会计都打不过她。英子妈很贤惠，干事很麻利，她家总是被她料理得十分干净。记得她家桌面还铺着一块有竹子图案的洁白台布，在那个时候，是没有人家在桌子上铺台布的。

我常想，她家桌子上铺了一块台布，吃饭时，散落在桌子上的残羹剩饭不是会将台布弄脏了吗？那时，我一直想趴在英子家那张有着台布的桌子上吃一次饭，那一定是一种美到天上的感觉。不过，直到英子家搬走，我也没能趴在她家有着台布的桌子上吃一次饭。

英子家的床单是用五颜六色的碎布头拼接起来的，听说那些碎布头是纺织厂用剩下的边角料，丢到垃圾箱里，英子妈将那些碎布头捡回家，一针一线拼接出来。

每当她家晒床单时，阳光照在床单上，闪耀着斑斑驳驳的光芒，有一种清香的气息，很惹人眼。胡同里的婆婆妈妈，总爱用手摸摸那床单，不住地发出啧啧赞叹声。这种曾经没用的碎布头，到了英子妈手里，就变成了迷人的床单，这手真巧啊。

在那生活还不十分富裕的年代里，英子妈硬是凭借着灵巧的双手，将平淡的生活过得温馨、明媚起来。

在那个一切“以阶级斗争为纲”的年代里，英子妈对英子的教育一点没有放松。现在想来，英子妈当时一定是高瞻远瞩，能看到一个美好的未来，不然的话，她不会那么抓英子的教育。抓孩子教育，在那个时候，是一个很陌生的词汇。

在学校里，下课时，有女同学喊道：“英子，跟我们去玩跳皮筋。”英子总是秀气地一笑，道：“我不会呢。”不过，看到同学们走远了，英子常常会伫立在教室的窗前，静静地看着同学们在操场上玩跳皮筋，眼睛里流露出一丝羡慕。那伫立在窗前的身影，显得有些孤单。

英子身上的衣服总是十分干净。她无论穿什么样的衣服，哪怕穿的是一件旧衣服，也熨得很妥帖，一点也不打皱。每次走进教室，总是引来班上一些女孩子羡慕的眼神。

从英子身边走过，总能闻到一种淡淡的清香，那香味真好闻。我爱从英子身边走来走去，就是想闻闻那种香味。有时，我也会为自己有这种不健康的思想而自责，但是，我还是控制不住，还是想从她身旁走过。

一次，从她身旁走过时，我的一只胳膊碰到了她趴在桌子上的一只胳膊。瞬间，我慌乱地跑开，不过我一直回味那种碰到她胳膊的感觉，心里感觉很甜蜜很幸福。

英子口袋里有一块花手绢，上面有淡淡的小碎花，很素雅。上体育课时，英子常常从口袋里拿出花手绢，轻轻地用花手绢擦拭着额头上细细的汗珠。那擦汗的身影，我感觉很美、很秀气。

一次上体育课，我在跳远时，不小心把额头跌破了。我蹲在那儿，用手捂着头，龇牙咧嘴的。有男同学赶紧用一枚树叶贴在我的额头上。

英子看见了，她赶紧跑了过来，她看到我的伤情，从口袋里掏出花手绢，将那枚树叶拿掉，默默地将手绢捂在我的伤口处，然后就走开了。

那一刻，我感到英子的手指很轻柔，我又闻到了英子身上那种淡淡的清香。我想，这一跤跌得可真幸福啊。几个男孩下意识地也用手摸摸额头，看着我捂在额头上的花手绢，眼睛里露出很羡慕的目光。

不知怎么回事，自从那次英子用自己的花手绢捂住我的伤口，我好像一下子变了个人似的，穿衣服也变得干净、整洁了。英子的那条花手绢，我洗干净了，上面一直有一块淡淡的血渍。我将这块花手绢叠得整整齐齐地放在口袋里，像个宝贝似的珍藏着。

自从那次事件后，班上男女同学口袋里渐渐都有了一条手绢。班上有一个男同学，家里条件很差，他的手绢很简单，只是一块旧蓝布，没事时，总爱将这块蓝布从口袋里拿出来擦擦汗，很认真、很仔细的样子。现在想起来，不知怎么，有一种想流泪的感觉。

英子作文写得很好，她的作文总是写得很细腻。她喜欢用拟人的修辞手法，常常将小花、小草描写得跟人似的在和她说话、谈心，有时那些小花、小草还会在她面前欢快地载歌载舞。老师常常将英子的作文拿来作为范文在班上朗读，听了英子的那些描写，有同学在下面悄悄地议论，说她吹牛，骗人，小花、小草哪能讲话、跳舞。老师听到了，严厉地批评道："你们写出的东西总是干巴巴喊口号似的，一点文采也没有！"

温暖的阳光从窗口照进来，照在英子的身上。我看着英子的背影，她那两根长长的辫子耷拉在身后，辫梢上那两朵红色的蝴蝶结像要蹁跹起舞，很晃人眼。

忽然，我听到老师喊着我的名字，叫我站起来，问我在想什么？我的脸一下子红了，不知所措地回答道，"我在想两只蝴蝶。"

话音刚落，引起全班同学哄堂大笑。

结果，我被老师罚抄课文十篇。

以后看到小草、小花，我就会常常想到英子在作文中描写的拟人句子。恍惚中，我仿佛也感到那些小草、小花也在和我喃喃细语，脸上会情不自禁地露出笑容。

一天，我从英子家门口经过，发现英子家门口停着一辆大卡车，几个大人正从她家往外搬东西，再一看，英子提着她那把小提琴出来了。

我鼓足了勇气，问道："英子，你家在干什么呢？"

这是我第一次和英子说话，虽然我和英子在一个班上学，又住在一个胡同里，可从来没有和英子说过话。那时，男同学和女同学是从来不说话的，好像人为地画了一条界线，如果哪个男同学和女同学说说话，被人看见，会被人骂小流氓的。尽管那时对小流氓是什么意思大家都不太清楚。

英子看到是我在和她说话，眼神一下子黯淡了下来，她迟疑了一下，回答道："我妈调到上海去啦，我也转学啦！"

不知为什么，我眼前仿佛一黑，我心里感到一阵难过。我怯怯地问道，"那我们再也不能在一起上学啦？"

英子回答道，"是啊，我到上海上学去了！"

胡同口刮来一阵风，身旁小树上的树叶，好像弱不禁风似的，扑簌簌地从树上刮落下来，我和英子身上沾了一些树叶。我又下了决心地问道："那我以后还能再见到你吗？"

"能啊，你到上海来就能见到我。"英子灿烂地一笑。

"好啊，以后我到上海一定去看你。"我突然冒出这么一句，然后赶紧跑开了。

我郁郁寡欢地回到家，对母亲说道："英子家搬走了！"

母亲一愣，问道："她家搬到哪儿去了？"我失落地回答道："搬到上海去了！"

母亲轻轻地哦了一声，说道，"上海很远啦，我们这辈子恐怕再也见不到英子一家人啦！英子妈是很贤惠的一个女人，她用废布头拼接出来的床单可真漂亮啊！"母亲心里一直羡慕英子家的那条床单。

听了母亲的话，我心里忽然一阵冰凉，刚才我忘了问英子在上海哪所学校上学了，如果我到上海去怎么找到她啊？

想到这儿，我一转身又跑了出去，我想问问英子在上海哪所学校上学。可刚跑到英子家门口，才发现给英子家搬家的卡车已开走了，门口处，只有一些散落的废纸和杂物。

我傻傻地站在那儿，一动不动，无神地望着胡同的尽头。我将手插在口袋里，突然碰到一样东西，我拿出来一看，是英子曾经给我包扎额头的那条印有淡淡小花的手绢。看着这条花手绢，我的眼睛突然有些湿润了。

……

许多年过去了，我一直想告诉英子，在那个年代里，她和她母亲给我们的生活以及我们每个人带来了一缕像茉莉花一样馨香的气息，甚至改变了我们的生活方式。我还想告诉她，人生中，无论发生何种变故，我都一直喜欢用拟人修辞。拥有这种心态，就有了一种积极向上的美好力量！

不知道英子以后的生活是不是还生活在一种拟人修辞中呢？

载于《疯狂阅读》

童年时代的我们，总是很有温度，对逗留在身边的人们有着特殊的好感。因为这些人可以影响我们，以至于我们对他们一直念念不忘。